Chapitre 1

La petite annonce

« La société Rhodania-Film recherche, pour réalisation dramatique destinée télévision, chien-loup forte taille, intelligent, docile, dressage chien policier. S'adresser : 6, rue des Petits-Champs, Lyon, VIIe. »

Tidou relut cette annonce du *Progrès* qui venait de lui tomber sous les yeux et se pencha vers son chien.

« Exactement ton portrait, Kafi. On ne pourrait pas mieux te décrire. »

Il consulta sa montre. Il était temps de partir vers le lycée.

« Je peux emporter le journal ? demanda-t-il à sa mère. Je le rapporterai à midi. Papa aura le temps de le lire, en buvant son café. »

Il prit son cartable, donna une tape amicale à Kafi et dégringola les étages de la vieille bâtisse de la rue de la Petite-Lune. Pour descendre plus vite, il se laissa glisser à cheval sur la rampe sous le regard désapprobateur de la concierge qui n'aimait pas ces exercices de haute voltige dans « ses » escaliers.

De la rue de la Petite-Lune, il monta vers le boulevard de la Croix-Rousse. Le Tondu, célèbre dans tout le quartier pour son crâne complètement chauve, couvert d'un éternel béret basque, faisait les cent pas devant le lycée avec la Guille, le virtuose de l'harmonica, qui, pour une fois, était en avance, lui qui se faisait toujours attendre.

« Regardez le journal ! » dit Tidou.

Il ouvrit le *Progrès* à l'avant-dernière page et posa le doigt sous l'annonce écrite en petits caractères.

« Formidable ! s'écria le Tondu. Le portrait tout craché de Kafi ! »

Et il ajouta :

« Ça t'amuserait, n'est-ce pas, Tidou, de voir ton chien faire du cinéma ?... Ce ne serait d'ailleurs pas la première fois. Vous vous souvenez de notre aventure à Pérouges[1] ?... Tu connais cette société : Rhodania-Film ?

— J'ignorais l'existence de studios de cinéma à Lyon. »

Tous trois commentaient leur aventure de Pérouges quand survinrent Bistèque et Gnafron.

1. Voir : *Les Six compagnons et la perruque rouge*, dans la même collection.

Le premier servait de cuisinier à l'équipe, quand celle-ci partait en camping ; le second était souvent nommé le « petit » Gnafron parce qu'il n'arrivait pas à grandir aussi vite que les autres, ce qui lui donnait un complexe... qu'il compensait, il est vrai, par un esprit volontaire et entreprenant.

« Encore un crime ? demanda-t-il en voyant ses camarades le nez dans le journal. Une femme coupée en morceaux et expédiée par petits paquets ? »

Il lut l'annonce à son tour.

« Compris ! fit-il. Vous venez de penser à Kafi. L'idée n'est pas mauvaise... mais nous ne sommes qu'au début de juin !

— Et alors ? dit la Guille.

— Le lycée... les cours... Tu voudrais les sécher ?

— Il ne s'agit pas de nous, mais de Kafi.

— Kafi n'obéit qu'à nous, et mieux encore à toi, Tidou. Un inconnu n'en tirerait rien... mais l'annonce est alléchante. On pourrait aller faire un tour rue des Petits-Champs, histoire de se promener, de visiter des studios de cinéma... Où perche-t-elle, cette rue des Petits-Champs ?

— Je sais, dit la Guille : dans mon ancien quartier de la Guillotière. Nous devrions y aller tous ce soir, avec Mady... Tiens ! justement, la voilà. »

Mady débouchait au coin du boulevard, son

cartable à bout de bras. Naturellement, elle aussi fut tout de suite intéressée par l'annonce.

« Oui, dit-elle, allons là-bas sans tarder. Les chiens-loups ne manquent pas, à Lyon ; il y aura de la concurrence. Mais il ne faudrait pas qu'on demande à Kafi des... »

Elle n'acheva pas. La cloche venait de tinter. Les garçons pénétrèrent dans la cour de leur lycée tandis que Mady courait vers le sien.

À midi, les Compagnons se retrouvèrent dehors, mais pour se séparer aussitôt. L'après-midi, ils n'avaient que deux heures de cours. À quatre heures, ils étaient libres.

« J'ai réfléchi, dit Tidou. Croyez-vous nécessaire d'aller tous là-bas ? Si nous sommes trop nombreux, nous pourrions être mal reçus.

— Probable, approuva Mady. Toi seulement, Tidou, avec Kafi.

— Et toi aussi, Mady, déclara Gnafron. Tu as le don de t'expliquer et de mettre les gens dans ta poche. »

Mady était la seule fille de l'équipe ; une fille sympathique et sans chichis, douée, à sa façon, d'une sorte d'instinct qui complétait celui de Kafi.

« D'accord, dit Tidou, allons-y... tout de suite. »

Les Compagnons descendirent la rampe des Pirates au bas de laquelle se situait leur

« caverne », un ancien atelier de tisserand. Mady et Tidou prirent leurs vélomoteurs et passèrent, rue de la Petite-Lune, chercher Kafi.

Kafi était un superbe chien-loup d'une taille exceptionnelle, doué d'un flair stupéfiant. Tidou l'avait dressé en chien policier avec l'aide de ses camarades. Doux et docile avec les Compagnons, Kafi aurait étranglé sur-le-champ quiconque se serait attaqué à ses maîtres. Par ailleurs, il adorait les enfants et les animaux plus petits que lui, et n'aurait jamais fait de mal à un chat.

Kafi ne demandait pas mieux que de sortir. En ville, Tidou l'avait habitué à suivre son vélomoteur sans s'en écarter. Voyant qu'on venait le chercher, il se trémoussa de joie.

Tous trois dévalèrent les pentes de la Croix-Rousse et longèrent le Rhône, qu'ils traversèrent pour atteindre le quartier de la Guillotière. Grâce au plan de Lyon emporté dans sa poche, Tidou repéra sans peine la rue des Petits-Champs, une rue étroite et courte partant du boulevard Jean-Jaurès. Au numéro 6, une plaque neuve indiquait en lettres dorées sur fond noir :

Rhodania-Film. 2e étage.

« Je croyais qu'un producteur de cinéma aurait ses bureaux dans un quartier plus reluisant », fit Mady.

L'immeuble ne possédait pas d'ascenseur. Ils grimpèrent à pied jusqu'au second étage. Une nouvelle plaque, en cuivre celle-là, mentionnait :

RHODANIA-FILM
Producteur délégué.

« Qu'est-ce qu'un producteur délégué ? demanda Mady.

— Nous allons le savoir. »

Tidou appuya sur le bouton de la sonnerie. Presque aussitôt, une voix répondit :

« Entrez ! »

Assis à son bureau, un homme relativement jeune mais déjà presque chauve, qui portait des lunettes à grosse monture d'écaille, fumait tranquillement un cigare.

« Vous venez pour l'annonce ? fit-il en regardant Kafi. Trop tard, jeunes gens, nous avons déjà retenu un chien-loup, ce matin même. »

Cependant, il ajouta :

« Dommage, celui-ci est encore plus gros, plus beau. Il répond exactement à la description donnée par l'auteur du scénario... Auquel de vous deux appartient-il ?

— À moi, répondit Tidou. Je l'ai eu quand

il était tout petit. Il venait de Provence. Je l'ai amené à Lyon et, avec l'aide des camarades, je l'ai dressé en chien policier.

— Des camarades ?

— Oui, expliqua Mady, nous formons une équipe de six bons amis. Nous habitons tous la Croix-Rousse. »

Le producteur délégué réfléchit. Puis il regarda encore Kafi qui le fixait lui-même dans les yeux.

« Cet animal paraît très intelligent... Que sait-il faire ?

— Tout ce qu'on lui commande. Il comprend tout... En voulez-vous la preuve ? »

Tidou se tourna vers son chien.

« Kafi ! délace les chaussures de ce monsieur... mais doucement, sans mordre le cuir. »

Instinctivement, l'homme recula les pieds sous son fauteuil, mais Kafi s'était déjà précipité. Habilement, il dénoua les lacets puis revint trouver son maître, battant de la queue, satisfait, avec l'air de dire : mission accomplie.

Amusé, l'homme sourit.

« Je le reconnais, cet animal est extraordinaire. Après tout, je ne me suis pas engagé définitivement avec le maître de l'autre chien... mais je dois vous poser une question. Ce chien serait-il capable d'obéir à quelqu'un d'autre qu'à son ou ses maîtres ?... Vous comprenez, ce sont les acteurs qui doivent le commander.

— Non, répondit carrément Tidou. Il n'obéit qu'à mes camarades et à moi. Quelqu'un d'autre n'en tirerait rien.

— Quel dommage ! »

Il y eut un silence, pendant lequel l'homme examina non plus le chien mais Tidou et Mady. Puis il déclara :

« Je suis assez embarrassé. Il faut que je voie l'auteur du scénario et le metteur en scène. Un arrangement devrait être possible... Où peut-on vous contacter en cas de besoin ? »

Tidou donna son adresse et Mady le numéro de téléphone de ses voisins. Le producteur délégué nota le tout sur un calepin.

« C'est bien, je ne vous retiens pas davantage. »

Tidou et Mady se retournèrent vers la porte. Au moment de sortir, Tidou fit signe à son chien :

« Ouvre, Kafi ! »

L'intelligent animal ne se le fit pas dire deux fois. Il se dressa sur ses pattes de derrière et appuya sur la clenche.

« Prodigieux ! » s'exclama le producteur délégué, tandis que Kafi refermait lui-même la porte en l'attirant vers lui.

Chapitre 2

Le scénario

Dans la rue, Tidou et Mady renfourchèrent leurs vélomoteurs pour remonter à la Croix-Rousse où les attendaient leurs camarades.

À peine avaient-ils mis pied à terre devant la « caverne », que l'impatient Gnafron demanda :

« Alors, cette annonce ?... C'est fait ? Kafi est engagé ?

— Pas encore, répondit Mady, mais j'ai l'impression que ça pourrait arriver. »

Elle raconta la visite en disant :

« Kafi a fait une grosse impression sur le producteur délégué. Il a demandé notre adresse et un numéro de téléphone. J'ai donné celui de ma voisine.

— Et vous avez vu les studios ? fit Bistèque.

— Non. Il n'y a certainement pas de studios de cinéma dans ce quartier... D'ailleurs, aujourd'hui, presque tous les films sont tournés en décors naturels. Nous n'avons vu qu'un bureau.

— Luxueux ?

— Ordinaire. Tidou et moi, nous supposons que cette firme de cinéma est toute récente. Les plaques, en bas et sur la porte, sont neuves.

— De quel genre de film s'agit-il ? demanda le Tondu à son tour. Un western, un drame, un film sur les animaux ?...

— Nous ne l'avons pas demandé, répondit Tidou. Ce producteur délégué n'a rien précisé. Il nous a plutôt impressionnés avec son crâne presque aussi déplumé que le tien, le Tondu. »

Les Compagnons discutèrent encore de ce projet de tournage puis se séparèrent pour regagner leurs logis respectifs.

Le lendemain, et le surlendemain, rien. Aucun coup de téléphone chez la voisine de Mady. Kafi n'avait pas été retenu, c'était certain.

« C'est toujours comme ça quand une demande est refusée, déclara Gnafron. On dit qu'on préviendra, et rien n'arrive jamais. »

Il se trompait car le jour suivant, en rentrant du lycée, Tidou trouva chez lui une enveloppe portant l'en-tête « Rhodania-Film ». Il l'ouvrit rapidement et lut.

« *Suite à votre visite du 27 mai, je suis toujours intéressé par votre chien. Voudriez-vous revenir me voir, si possible avec vos camarades.*

« *Le producteur délégué*
« Jacques FAVELLI. »

« Qu'est-ce que c'est ? » demanda la mère de Tidou, qu'il avait négligé de tenir au courant.

Il expliqua l'affaire. Sa mère, qui admirait Kafi, fut ravie. Elle le voyait très bien jouant un rôle important dans un film.

« Et tu penses, Tidou, qu'on va le retenir ?

— À présent, c'est probable. »

Le déjeuner terminé, Tidou donna une tape à son chien, lequel était tout émoustillé d'avoir plusieurs fois entendu son nom, puis il dévala l'escalier, toujours sur la rampe, pour gagner le lycée. Ses camarades n'étaient pas encore arrivés. Il les attendit devant les grilles. Gnafron parut le premier, avec Mady. Il sortit vivement la lettre de sa poche pour la leur faire lire.

« J'étais sûre que ce projet n'était pas tombé à l'eau, dit Mady. Kafi a fait une trop bonne impression, l'autre jour... Mais je ne comprends pas pourquoi toute la bande aussi est convoquée... Comptent-ils nous engager, nous aussi ? »

Le Tondu, la Guille et Bistèque, arrivés peu après, ne furent pas moins surpris qu'on leur demandât, à eux aussi, de passer rue des Petits-Champs.

Tous les six attendirent la fin des cours de l'après-midi avec impatience. Puis ils coururent prendre leurs vélomoteurs entassés dans la caverne, et Tidou monta chez lui chercher son chien.

Il était à peine six heures quand ils mirent pied à terre devant le numéro 6 de la rue des Petits-Champs. Détaillant la maison, le « petit » Gnafron fit la moue.

« Pas très reluisant, en effet, à part la plaque... »

Ils montèrent au second. Le producteur délégué était à son bureau, dans la pièce presque vide garnie, sur les murs, de photos de vedettes de cinéma.

« J'ai réfléchi », dit-il d'emblée en regardant Kafi qui tirait une langue longue comme une peau de banane pour avoir galopé derrière les vélomoteurs. « Je tiens beaucoup à engager votre chien. J'ai téléphoné à l'auteur du scénario et au metteur en scène. Ils sont d'accord. »

Et, détaillant les Compagnons, les uns après les autres :

« Vous vous demandez peut-être pourquoi je vous ai demandé à tous de venir ? Certains d'entre vous pourraient tenir des rôles... en particulier vous deux, les plus grands qui, bien grimés, pourriez passer pour des adultes. »

C'était Tidou et le Tondu qu'il désignait.

« C'est que, fit le Tondu en soulevant son béret, je suis complètement chauve.

— Justement, il vous sera facile de porter une perruque. Puisque le chien n'obéit qu'à ses maîtres, la question serait réglée.

— D'accord, fit Tidou, mais nous sommes lycéens. Les vacances ne seront là que dans quinze jours.

— Je sais. Le tournage va commencer dans la banlieue parisienne mais les séquences qui vous intéresseraient ne débuteraient qu'à la fin de juin ou début de juillet.

— Dans quelle région ? demanda Mady. Loin d'ici ?

— Sur le haut Jura, à la frontière suisse.

— Pourrait-on connaître, en gros, le scénario ?

— Il est assez compliqué. Nous hésitons même sur le titre du film. Il s'agit d'un hold-up dans la région parisienne, une banque dévalisée. Les gangsters ont bien monté leur coup. Ils s'en sont tirés sans prise d'otages et sans effusion de sang. Ces gangsters ont emporté deux millions de francs lourds, mais ils sont fichés par la police, autrement dit, leur identité est connue. Impossible, pour eux, de passer la frontière pour se réfugier à l'étranger.

En attendant que la surveillance se relâche, ils cherchent à faire passer, avec l'aide de complices, l'énorme magot en Suisse. Pour cela, ils utilisent un chien, celui d'un bûcheron habitant en France à deux pas de la frontière. À plusieurs reprises, ce chien franchit la montagne pour rejoindre un berger suisse, complice également. Ce sont ces séquences qui vous intéressent. Pour le reste, c'est trop compliqué. Je ne vous en dis pas plus... J'ajoute cependant que le tournage aura réellement lieu à la frontière. Nous avons obtenu du gouvernement suisse l'autorisation de filmer sur le territoire de la Confédération. »

Et le producteur délégué ajouta :

« Vous voyez, le rôle du chien est très important. Puisqu'il n'obéit qu'à vous, ce sera simple. Vous (il désigna Tidou), vous serez le bûcheron français, et vous (il montra le Tondu), le berger suisse. Le chien fera la navette entre vous deux. Donc, pas de problème. Vous recevrez chacun cent francs par séance de tournage, et le double pour le chien. Cela vous va ?

— D'accord ! approuva Tidou.

— Il se peut d'ailleurs que nous trouvions de petits rôles de figurants pour vos camarades. Vous serez prévenus quelques jours à l'avance, je vous désignerai le lieu exact du tournage. J'ai votre adresse et un numéro de téléphone. Cela me suffit.

— Quelles vedettes jouent dans ce film ? se hasarda à demander Mady.

— Aucune. Des acteurs excellents mais de second plan et des personnes étrangères au cinéma, comme vous. »

Le producteur délégué se leva de son bureau. Puis voyant Gnafron examiner la pièce, il expliqua.

« Évidemment, notre installation est sommaire. Elle n'est que provisoire. Nous devons nous établir, d'ici à quelques semaines, dans le nouveau quartier de la Part-Dieu. »

Là-dessus, il distribua des poignées de main chaleureuses, se risqua à donner une tape amicale à Kafi, et reconduisit les Compagnons à la porte.

« Bizarre ! » fit Gnafron, en regardant de nouveau la façade de l'immeuble, quand il se retrouva dans la rue avec ses camarades. « Cette société Rhodania-Film me fait une drôle d'impression.

— Pourquoi ? répondit Mady. Parce qu'elle est installée dans ce vieil immeuble ? L'homme l'a dit, ce n'est que du provisoire.

— En tout cas, elle ne dispose pas d'un gros budget. Pas de vedettes, des gens comme nous, des amateurs. Ça ne fera pas un film terrible.

— Bah, fit Bistèque, une belle occasion tout de même de se balader dans le Jura... tous frais payés. Que voulez-vous de plus ?... »

Chapitre 3

Une forêt sinistre

« Allons, la Guille, fait Mady ; toujours en retard, comme d'habitude ! Attends, je te donne un coup de main pour arrimer tes bagages. Tu ne sais jamais comment caser tes affaires. »

Il faut dire aussi que les Compagnons sont chargés, leurs sacoches pleines à craquer. À onze cents mètres d'altitude, il peut faire froid la nuit, et même dans la journée si le temps est couvert. À tout hasard, ils emportent leurs sacs de couchage, ainsi que des tricots de rechange et des appareils dont ils ne se séparent plus jamais dans leurs expéditions : à savoir, magnétophone, sifflets à ultra-sons pour Kafi, talkies-walkies, transistor et lampes de poche.

Bien sûr, l'équipe part pour faire du cinéma. Que pourrait-il arriver de fâcheux ? D'ailleurs le tournage ne doit durer qu'une semaine. Ces vacances inattendues seront de courte durée.

Il est déjà sept heures quand les Six quittent

la caverne. La veille, le Tondu, le mécanicien-bricoleur de l'équipe, a révisé les vélomoteurs, changé deux pneus usagés qui risqueraient de rendre l'âme avant d'atteindre le Jura.

D'après la carte, la distance n'est pas excessive. Il est déjà arrivé aux Compagnons de parcourir deux cents kilomètres en une seule journée. Mais il faut compter avec les incidents de parcours, les crevaisons, les pannes, etc., toujours possibles.

« En route ! » commande Tidou en invitant Kafi à sauter dans la caisse-remorque attachée derrière son vélomoteur.

Comme d'habitude, c'est lui qui prend la tête parce qu'il roule moins vite que les autres, à cause du poids respectable de son chien. La Guille, lui, ferme la marche. C'est sa place préférée. Ainsi, sans gêner les autres, il peut s'arrêter pour cueillir un coquelicot dans un champ ou caresser un chien perdu dans un village.

Une fois Lyon traversé, les Six s'engagent sur la route toute plate qui traverse les Dombes. C'est un chemin qu'ils connaissent bien pour l'avoir déjà emprunté en se rendant à Besançon[1]. En deux heures et demie, ils ont « avalé » les cent premiers kilomètres. Un

1. Voir : *Les Six compagnons dans la citadelle*, dans la même collection.

record ! Mais bientôt se dessinent les premiers contreforts du Jura. Les côtes succèdent aux côtes, parfois coupées de courtes descentes. Peu à peu, on prend de l'altitude.

À midi, nos amis stoppent dans un village pour casser la croûte. Kafi saute de sa remorque pour se dégourdir les pattes. Les Compagnons profitent de l'avance sur leur horaire pour prolonger le repos et discuter encore du film qu'ils vont tourner : *LE GANG JOUE ET GAGNE.*

Quelques jours plus tôt, le producteur délégué a recommandé à Tidou et au Tondu de se trouver sur les lieux du tournage le 3 juillet, sans faute, même au risque de devoir attendre l'arrivée de l'équipe.

« Vous l'ignorez peut-être, a-t-il précisé, mais une journée gâchée représente des milliers de francs de perte sèche. »

Bien restaurés, les Compagnons reprennent la route. Les montées deviennent de plus en plus raides. Pour laisser refroidir les moteurs, il faut parfois mettre pied à terre... pour le plus grand plaisir de Kafi. Tidou en profite pour examiner de nouveau sa carte.

« Passerons-nous à Morez ? demande Mady.

— Non, nous bifurquerons quelques kilomètres avant.

— Dommage, j'ai entendu dire que c'était une petite ville pittoresque.

— Nous aurons peut-être l'occasion d'y venir, un jour de mauvais temps par exemple, si on doit interrompre le tournage. »

À un carrefour, ils bifurquent à gauche pour prendre une petite route départementale mal goudronnée et très raide. C'est elle qui doit les conduire à Bois-Risoux, à 1 148 mètres d'altitude. Pour atteindre ce village, ils aident les moteurs en pédalant et, finalement, marchent à pied en pleine forêt.

Le hameau est situé dans une clairière. Cinq ou six chalets de bois seulement : des habitations de bûcherons. Tidou frappe à la porte du premier.

« Le chalet-hôtel ? demande-t-il.

— Plus loin, dans l'autre clairière. À un kilomètre d'ici. Vous trouverez facilement ! »

Quittant la grand-route, ils s'engagent dans un chemin étroit, si étroit que les sapins au-dessus d'eux font comme une voûte sombre. Impossible de rouler sur cette piste forestière où les tracteurs des bûcherons ont laissé de profondes ornières.

« Je n'ai jamais vu un pays aussi sauvage, dit Bistèque. Les cinéastes ont bien choisi leur endroit. »

Enfin, le chalet est en vue. Il porte le nom d'*Auberge du Point-Rond.* Peut-être est-ce la façon, dans le pays, de dire rond-point. Ce chalet-hôtel est tenu par la femme d'un bûcheron qui parle avec cet accent traînant des Jurassiens, un peu semblable à celui des Vaudois de l'autre côté de la frontière.

« Comment ! s'exclame-t-elle. Vous êtes six ? On m'avait dit deux ! Je n'ai que six chambres, quatre sont déjà retenues par les gens du film... et j'ai un pensionnaire.

— Vous possédez bien un grenier ? dit Gnafron.

— C'est sûr, un grand grenier.

— Alors, pas de problème. Nous coucherons dans le grenier.

— Mais le froid, la nuit ?

— Nous avons nos sacs de couchage. Vous pourrez tout de même nous nourrir ?

— C'est sûr. J'ai des provisions en conséquence.

— Alors, nous restons tous ici, déclare Tidou. Toi, Mady, tu prendras la chambre. »

Malgré sa lenteur paysanne, la patronne est serviable. Elle montre d'abord la chambre propre mais sans confort et sans eau courante. Puis elle redescend et indique, à l'extérieur de l'auberge, une échelle qui grimpe au grenier.

« Vous voyez, c'est là-haut, la place ne manque pas. C'est grand et il y a du foin. D'où venez-vous ?

— De Lyon,

— Mon Dieu ! de si loin, à vélomoteur ?

Vous devez mourir de faim. Installez-vous vite et redescendez dans la salle à manger. »

Tandis que Mady monte ses affaires dans sa chambre, les garçons escaladent l'échelle... même Kafi ; exercice pourtant difficile pour un chien.

Un quart d'heure plus tard, les voyageurs se retrouvent dans la rustique salle à manger où sont disposées six tables seulement ; en somme, une par chambre. Les Compagnons se serrent autour de celle qui porte six couverts. À l'autre bout de la salle est déjà assis un vieux monsieur à l'air distingué, cheveux blancs et ruban rouge à la boutonnière, qui intrigue les camarades.

« Un savant, c'est sûr, souffle la patronne. Cela fait plusieurs étés qu'il vient ramasser des plantes rares et les étudier. Il en a plein sa chambre. Pas moyen de faire le ménage. »

Puis elle sert ses nouveaux hôtes : de la soupe du pays, sorte de fondue au gruyère, des œufs au plat et du « comté » comme dessert.

Ils terminent leur repas, quand Kafi, resté jusque-là silencieux sous la table, attendant d'être servi, se dresse brusquement, les oreilles tendues. Il vient de flairer un chien. « C'est sûr », comme dirait la patronne.

En effet, un homme entre avec un chien poilu de belle taille, un berger des Pyrénées.

« Attention, Tidou, s'écrie Mady, ils vont se battre ! »

Mais, après avoir aboyé pour montrer qu'il a une bonne voix, Kafi s'avance vers son confrère en battant de la queue. Rien à craindre, il n'y aura pas de bagarre.

L'homme, lui, est sans doute un bûcheron, le mari de l'hôtelière. Son teint hâlé, ses mains noueuses prouvent qu'il passe ses journées dehors. Familièrement, il s'approche de la grande table.

« Alors, jeunes gens !... Vous venez pour le film ?... avec votre chien ?... Il paraît que c'est lui qui doit jouer le principal rôle. Le cinéaste, l'autre jour, nous a expliqué ça. »

Et, se penchant vers Kafi :

« Je peux le flatter ?... Il ne me mordra pas ?

— Soyez sans crainte. Il a tout de suite compris que vous aimez les animaux. »

L'homme se met à parler des chiens, qu'il aime en effet ; il explique même avoir proposé le sien au cinéaste quand celui-ci est venu reconnaître le pays et retenir les chambres.

« Je comprends qu'il ait préféré le vôtre, ajoute-t-il. Il est plus beau et plus fort. »

Peu pressé de souper, il s'attarde auprès des jeunes Lyonnais, expliquant que la frontière est toute proche, à moins d'un kilomètre, et difficile à garder à cause de la forêt. Il parle encore quand un douanier en uniforme bleu foncé à bandes rouges pousse la porte.

« Bonsoir, dit le bûcheron. Vous venez prendre l'apéritif ou seulement vous réchauffer ?

— Les deux, dit le douanier en s'approchant de la grande table.

— Je vous présente de jeunes acteurs qui jouent dans le film, explique le bûcheron. Ils viennent d'arriver avec ce beau chien.

— Pour un beau chien, c'est un beau chien, approuve le douanier. Il nous faudrait des bêtes comme celle-là pour surveiller la frontière. Il y aurait moins de fraude... mais il paraît que ça revient trop cher à l'État. »

Là-dessus, les deux hommes se dirigent vers le comptoir. Les Compagnons tombent de sommeil et de fatigue, non seulement à cause de leur longue course mais par l'effet du changement d'altitude. Ils se lèvent pour aller se coucher.

« Surtout, recommande la patronne aux garçons, n'allumez pas de briquet dans le grenier, seulement des lampes électriques, j'ai une peur terrible du feu. »

Étendus sur le fourrage, les garçons se trouvent parfaitement à l'aise... si à l'aise que la Guille sort son harmonica de sa poche.

« Ah ! non, fait Gnafron, pas de berceuse ce soir. Nous n'en avons pas besoin... »

Cependant, malgré le sommeil qui les envahit, ils éprouvent tous une étrange impression. Est-ce l'altitude qui réagit sur eux ? Est-ce ce pays sauvage ?

« Curieux, dit Bistèque, je me demande pourquoi le producteur n'a pas engagé le chien de l'aubergiste... et l'aubergiste lui-même. Il est aussi bûcheron. C'est un homme solide, bien bâti. Excusez-moi, Tidou et le Tondu, mais il aurait mieux fait que vous pour le rôle !

— Oui, il aurait pu prendre des gens du pays et un chien trouvé dans le voisinage, ajoute Gnafron. Je ne sais pas ce que pense Mady, dans sa chambre ; je suis sûr qu'elle aussi se pose la question. »

Chapitre 4

Sur les lieux du tournage

Les cinéastes arrivèrent seulement le surlendemain dans la soirée, à bord d'une camionnette contenant le matériel, d'une Renault et d'une vieille Mercedes, celle du producteur. Au total six personnes : Favelli, le metteur en scène, le perchman, la script-girl, le cameraman et l'ingénieur du son.

L'équipe s'installa aussitôt au Point-Rond : la script-girl dans une petite pièce réservée aux hôteliers, où couchait leur fille, actuellement en vacances, le producteur dans la plus belle chambre, et les quatre autres dans les deux pièces restantes, pourvues de deux lits chacune.

Ainsi, le Point-Rond était archi-comble. Jamais la patronne n'avait eu autant de clients à la fois. Le producteur parut d'abord surpris, contrarié même, de trouver là tous les Compagons.

« J'avais dit deux, fit-il en désignant Tidou et le Tondu... Pour les autres, ce n'était pas indispensable.

— Nous en avons profité pour faire tous un tour dans le Jura, répondit Mady. Nous ne vous dérangerons pas... et ne vous demanderons évidemment pas de frais d'hôtel. »

Ces cinéastes avaient des allures décontractées, comme tous les gens de ce métier, et étaient habillés de façon fantaisie, sauf Favelli, correctement vêtu.

La script-girl, une petite brune assez jolie à qui on ne donnait pas plus de vingt-cinq ans, sympathisa tout de suite avec Mady et les garçons. Elle s'appelait Arlette. Elle expliqua son rôle dans le tournage.

« Nous le connaissons, dit Tidou, nous avons déjà fait du cinéma à Pérouges, près de Lyon. »

Il était l'heure de passer à table. Dans la petite salle à manger du chalet régna tout de suite une joyeuse ambiance. Seul le producteur délégué paraissait préoccupé.

« Il n'a pas l'air commode, dit Mady à Arlette, qui s'était d'emblée assise à la table des Compagnons.

— Je le connais depuis peu. J'étais en chômage à Paris. Je viens d'entrer à Rhodania-Film. C'est mon premier tournage avec ce producteur. Je me demande d'ailleurs pourquoi il est venu, lui aussi. D'ordinaire, les producteurs n'assistent pas au tournage. Il veut peut-être éviter les gaspillages de temps et d'argent. Comme si on ne savait pas notre métier !

— Vous connaissez le scénario ? demanda Gnafron.

— Bien entendu, puisque je dois tout inscrire sur le script, tout minuter.

— Vous avez déjà tourné les séquences qui se passent dans la banlieue de Paris, sur les lieux du prétendu hold-up ?

— Au dernier moment, le producteur a préféré nous envoyer tout de suite dans le Jura pour profiter du beau temps. Il n'est pas rare qu'on commence un film par la fin, pour des raisons techniques ou pour profiter de bonnes conditions atmosphériques. »

Il était tard quand la salle à manger se vida, mais il y eut du bruit pendant longtemps encore dans l'hôtel. Les Compagnons n'avaient pas sommeil. Kafi non plus, que toute l'équipe avait admiré et qui s'était plutôt montré agacé de tant de flatteries.

Dans sa chambre, Mady ne parvenait pas à s'endormir. Le changement d'altitude l'énervait. Elle n'était pas encore habituée à cet air si vif. Heureusement, elle avait emporté quelques romans policiers. Elle en prit un dans son sac et se mit à lire au lit. Il était minuit passé et l'*Auberge du Point-Rond* était, à présent, plongée dans le plus grand calme, quand elle crut entendre du bruit dehors. Elle venait juste d'éteindre. Elle n'eut garde de rallumer et se leva en pyjama pour aller regarder par la fenêtre, qui n'avait pas de volets.

La nuit était étoilée mais sans lune et assez obscure à cause de la forêt qui cernait la clairière. Elle entendit marcher sur la terre sèche et rocailleuse et aperçut une silhouette qui se dirigeait vers les voitures garées à cinquante mètres du chalet. L'ombre s'arrêta, lui sembla-t-il, auprès de la Mercedes ou de la Renault. Elle s'immobilisa quelques instants.

« Un des cinéastes qui a oublié sa valise dans une voiture, sans doute », pensa Mady.

Elle attendit son retour pour l'identifier et se colla le front à la vitre. Elle ne reconnut pas l'homme mais vit cependant qu'il ne portait rien. Quelques instants plus tard, elle entendit grincer la porte à côté de la sienne. Elle en conclut que c'était le producteur puisque leurs deux chambres étaient contiguës. Qu'était-il venu faire auprès de sa voiture, à une heure pareille ? Vérifier qu'il avait bien enlevé la clef de contact, que les portières étaient bouclées ? C'était faire preuve de beaucoup de méfiance. Dans ce coin perdu de forêt, les voleurs n'étaient guère à craindre.

« Bah ! se dit Mady, se moquant d'elle-même, il faut que je cherche des explications à tout. Je ferais mieux de vite m'endormir. »

Elle se recoucha, « compta les moutons » et sombra dans le sommeil ; il était plus d'une heure du matin.

Les garçons étaient déjà levés, le lendemain, quand, après une toilette vite expédiée, elle descendit dans la salle à manger. Ses cinq camarades étaient là, oui, même la Guille, qui jouait de l'harmonica devant son bol en attendant d'être servi. Tous étaient de bonne humeur. Jamais ils n'avaient aussi bien dormi que dans ce grenier à fourrage.

« C'est tout de même chic, la vie d'hôtel ! clama Bistèque. Pas de provisions à faire, pas de tambouille, pas de vaisselle à laver. Nous sommes les rois des rois... »

Mady approuva, mais en bâillant. Elle n'avait pas eu son compte de sommeil. Elle ne put s'empêcher de raconter ce qu'elle avait vu en pleine nuit, par sa fenêtre.

« Et tu as eu peur ? demanda Gnafron en riant.

— Peur ?... Non.

— Alors ?

— Je ne sais pas... Ça m'a paru bizarre qu'il sorte si tard.

— Avec les cinéastes, il ne faut s'étonner de rien. Ils ne vivent pas au même rythme que nous... La preuve : ils ne sont pas encore levés. »

Tous les six finissaient leur petit déjeuner tandis que Kafi lapait une assiette de soupe, quand Favelli parut, rasé de frais, l'air poupin, le crâne luisant.

« Une belle journée en perspective ! dit-il en guise de bonjour. Nous allons dès ce matin repérer les lieux de tournage. »

Puis, désignant du doigt le plafond :

« Pas levés encore, là-haut ? Vous, au moins, vous êtes matinaux. »

Il envoya la patronne frapper à la porte des cinéastes, qui entrèrent dans la salle à manger, mal réveillés, n'ayant sans doute pas fait leur toilette, sauf Arlette qui avait pris le temps de se maquiller. Le perchman arriva le dernier. Grand, maigre, tout en longueur, il portait bien son nom. Une véritable perche lui-même.

« Que tout le monde soit prêt dans une demi-heure. Nous allons reconnaître les lieux. C'est bien votre avis, Galibert ? Pas de gaspillage de pellicule.

— D'accord ! » approuva Galibert, le metteur en scène.

À neuf heures et demie, acteurs et techniciens quittaient le chalet du Point-Rond. Pour cette simple prospection, Mady et les autres garçons accompagnaient la troupe. Kafi, bien entendu, était de la promenade. Qu'aurait-on fait sans lui ?

Tout de suite, on pénétra dans la forêt, une épaisse forêt de sapins. Galibert fit la grimace.

« Pourquoi tourner ce film exactement sur les lieux ? dit-il au producteur délégué. Cette forêt est trop épaisse, on aurait pu en choisir une plus clairsemée. Vous ne vous rendez pas compte des difficultés de prises de vues.

— Je sais, dit Favelli, mais nous tenons à l'exactitude même. Ce n'est pas un film comme les autres. »

Le metteur en scène bougonna quelques mots puis se résigna.

« Tant pis, je prendrai du recul pour suivre le chien au téléobjectif... mais je ne garantis pas le résultat. »

Il repéra plusieurs points où il placerait sa caméra et les marqua d'un bout de chiffon attaché à une branche. L'équipe chemina ainsi à travers la forêt qui s'élevait vers la crête de la montagne, crête qui délimitait la frontière à 1 450 m d'altitude. De simples bornes en pierre, sans aucune indication, plantées de place en place, matérialisaient cette frontière.

« À présent, annonça Favelli, nous sommes en Suisse, mais nous n'avons rien à craindre. Les démarches ont été faites. Nous avons l'autorisation de tourner sur le territoire de la Confédération. »

Sur le versant suisse, bien exposée au sud-est, la forêt s'arrêtait brusquement pour faire place à des prairies où paissaient des moutons.

« Ici, ce sera délicat pour ton chien, Tidou, dit Galibert, qui tutoyait tout le monde, sauf Favelli. Des coups de feu — à blanc, bien entendu — seront tirés par un douanier suisse. Kafi pourra-t-il courir en zigzaguant, malgré son chargement ?

— Il a été habitué à se méfier des armes.

— Sait-il nager ? Pourra-t-il traverser ce petit lac qu'on aperçoit là-bas, avec ses sacs de deux ou trois kilos chacun sur le dos ?

— Il en est capable. Je réponds de lui.

— Parfait. Au lieu de contourner ce petit lac, il le traversera pour atteindre au plus vite la cabane qu'on aperçoit là-bas. Les paquets seront réceptionnés par toi, le Tondu. C'est bien ton surnom, n'est-ce pas ? Ça ne te fâche pas ?

— On ne m'appelle jamais autrement au lycée.

— Donc, le Tondu, tu te tiendras dans la cabane et attendras le chien, avec ses faux billets. À ce moment-là, un douanier surgira. Tu lanceras Kafi contre lui. Le chien terrassera le faux douanier.

— Qui sera le faux douanier suisse ? demanda Tidou.

— Le perchman... qui passera sa perche à

Arlette pour cette séquence... mais descendons jusqu'à la cabane, nous verrons mieux pour les prises de vues. »

Toute la troupe dévala la prairie. Mais tout à coup, à cent mètres du refuge, Kafi s'arrêta, les oreilles tendues, pointées vers l'abri en planches.

« Il y a quelqu'un dans la cabane, dit Tidou.

— Ça m'étonnerait, répondit le producteur ; elle ne tient pas debout. Je l'ai déjà visitée. Elle est abandonnée. »

Kafi ne se trompait pas : l'équipe se remettait en marche quand deux hommes, en uniforme vert sombre de douaniers suisses, sortirent brusquement de l'abri, revolver au poing.

« Halte-là... »

Cinéastes et Compagnons s'immobilisèrent. De loin, Favelli cria :

« Équipe de cinéma ! Autorisation de tournage sur le territoire suisse ! »

Les douaniers s'avancèrent, Favelli leur montra ses papiers. Les deux hommes approuvèrent de la tête.

« En effet, fit l'un d'eux à son collègue. Notre chef nous a avertis, mais il n'avait pas précisé où aurait lieu ce tournage. »

Et, à Favelli.

« Excusez-nous ! »

Cela ne les empêcha pas cependant de

demander à chacun sa carte d'identité et, aux Compagnons, l'autorisation de leurs parents.

Les douaniers s'étaient probablement abrités dans cette cabane abandonnée pour fumer tranquillement une cigarette ou faire une partie de cartes, au lieu de patrouiller à la lisière de la forêt. Ils s'éloignèrent.

« Vous voyez, fit Favelli, j'ai pris mes précautions. À présent, nous n'aurons plus d'ennuis du côté suisse. »

Là-dessus, il entra dans la cabane délabrée. Une odeur de tabac blond flottait dans l'air. Sur le sol, les mégots ne manquaient pas. Preuve que les douaniers devaient souvent venir là. Le metteur en scène en fit le tour, chercha où fixer le projecteur à piles, pour éclairer l'endroit où seraient entassés les paquets de billets.

« Ces sacs de billets, demanda de Tondu, que deviendront-ils ?

— Ne vous inquiétez pas, jeune homme, répondit Favelli, ils ne resteront pas longtemps dans la cabane. Deux complices viendront les prendre après un troisième voyage du chien, deux complices suisses. L'un d'eux sera moi-même, l'autre encore le perchman.

— Donc, intervint le metteur en scène, vous prévoyez trois voyages de Kafi. Vous ne pensez pas que deux suffiraient ?... Ou même un seul ?

— Le chien a les reins solides, j'en suis persuadé. Tout de même, porter deux cents millions d'anciens francs en une ou deux fois me paraît difficile. Avez-vous fait le calcul ? Il faut être logique jusqu'au bout... J'exige que les séquences de la traversée de la forêt et des alpages jusqu'à la cabane soient tournées séparément, comme si on faisait trois films. »

À cette demande expresse, le metteur en scène réagit violemment.

« Quoi ? Déplacer trois fois la caméra et les projecteurs, faire rejouer les mêmes scènes ? Alors qu'il est si facile de tout bloquer ? C'est gaspiller de l'argent, du temps. Je croyais que vous ne disposiez que d'un budget réduit pour ce film ! Vous vous rendez compte, en deux jours nous pouvions tout liquider. Il nous en faudra cinq ou six.

— Le producteur m'a donné ses consignes. Il faut qu'au deuxième voyage Kafi paraisse plus fatigué... et au troisième encore davantage.

— Si ce n'est que ça, se permit d'intervenir Tidou, on pourrait remplacer, au deuxième voyage, les faux billets par des cailloux et, au troisième, par des cailloux encore plus lourds.

— De quoi vous mêlez-vous ? s'emporta Favelli. La vérité avant tout. Il n'est pas dans les habitudes d'un producteur délégué d'assister au tournage. Le grand patron m'a envoyé ici pour faire respecter ses ordres, l'authenticité du film. Vous avez compris, jeune homme... et vous aussi, Galibert ? »

Le metteur en scène ouvrit la bouche pour répondre. Il se contenta de serrer les poings. Après tout, il était payé à la séance. Si le producteur gaspillait son argent, tant pis pour lui.

L'altercation entre Favelli et Galibert avait jeté un froid dans la troupe. Sur le chemin du retour, personne ne dit mot. La frontière repassée, on redescendit à travers la forêt, jusqu'au Point-Rond. Il était midi. Dans la salle à manger du chalet les couverts étaient déjà mis. Chacun reprit sa place de la veille au soir, et Arlette rejoignit les Compagnons.

« J'ai l'impression, dit-elle, que ce tournage ne marchera pas tout seul. Complètement idiot de ne pas bloquer les trois scènes. Je n'ai jamais vu une pareille façon de procéder. »

Les Compagnons, eux, ne savaient que penser... sinon que Favelli n'était pas commode, comme ils l'avaient déjà constaté. Ce qu'ils éprouvaient était bizarre. Ils avaient déjà assisté à un tournage ; l'atmosphère était toute différente. Tous avaient le sentiment que quelque chose n'était pas normal... mais quoi ?

Chapitre 5

Un Compagnon a disparu

Le tournage devait commencer au début de l'après-midi. Dès deux heures, le metteur en scène rassembla l'équipe technique et les acteurs.

« Kafi est-il en forme ? demanda le producteur délégué à Tidou.

— En pleine forme !

— Alors, amenez-le près de la camionnette. »

Tidou et Kafi suivirent Favelli. Celui-ci sortit de la camionnette une sorte de sangle qui serait fixée sur le dos de Kafi, une sangle munie de cinq poches destinées à recevoir les paquets de billets.

Puis Favelli se dirigea vers sa Mercedes dont le coffre était fermé à clef. Il en souleva le couvercle et désigna les sacs de plastique opaque renfermant les faux billets. Pour bien montrer ce qu'ils contenaient,

Favelli en ouvrit un avec le bout de son canif.

« Vous voyez ; des bouts de papier du format des billets de cinq cents francs. Les sacs sont étanches. Kafi pourra traverser le petit lac sans crainte de les mouiller. »

Là-dessus, Favelli essaya de passer lui-même la sangle à Kafi et de la boucler sous son ventre, mais Kafi montra les crocs et gronda.

« Laissez-moi faire, dit Tidou. Je vous l'ai dit, il n'obéit qu'à mes camarades et à moi. »

Tidou passa la sangle sans difficulté. Il faut croire que Favelli avait bien jugé de la taille du chien car elle lui allait parfaitement.

« Bon, dit Favelli, c'était seulement pour un essai. Nous le harnacherons de nouveau pour les prises de vues. Venez ! Arlette va vous maquiller. »

En dehors de son rôle de script-girl, Arlette était en effet maquilleuse. Transformer Tidou en solide bûcheron jurassien n'était pas chose commode. À son âge, il n'était guère étoffé. Arlette lui enfila trois pulls les uns sur les autres et, par-dessus, une grosse vareuse de laine. Puis elle lui colla une petite moustache sous le nez après avoir passé un fond de teint ocre sur son visage.

Mady ne put s'empêcher de rire en le voyant ainsi affublé. Elle admit qu'il pouvait passer pour un vrai bûcheron, pas très grand mais trapu. Ce déguisement pouvait tromper tout le monde... il ne dupa pas Kafi.

Caméra, trépied, projecteur à piles, tout le matériel fut descendu de la camionnette, et le metteur en scène donna ses instructions. Tidou remit le harnais à Kafi, un harnais bourré, cette fois, de cinq paquets de faux billets, tandis que la caméra tournait. Tidou n'avait que quelques mots à dire. En somme, rien de plus facile que d'être acteur de cinéma.

Le chien équipé, sous les feux du projecteur, Tidou lui donna l'ordre de sortir en lui montrant la forêt.

« Va vite, Ubu... va vite. » (Dans le film, le chien s'appelait Ubu.)

Kafi s'élança, ployant sous le poids des sacs. L'objectif de la caméra le suivit jusqu'à l'entrée de la forêt.

« Coupez ! lança le metteur en scène au cameraman. Coupez ! »

Et, à Tidou :

« À recommencer. Rappelle ton chien. Il n'a pas couru assez vite... et il a trop hésité à la lisière de la forêt. Il faut qu'on le voie disparaître. »

La script-girl effaça le numéro de la séquence sur son ardoise et annonça :

« Le gang joue et gagne ; 285, deuxième. »

On s'apprêta à reprendre la scène.

« Si vous voulez, proposa Mady au metteur en scène, je peux me cacher dans la forêt et appeler Kafi avec un sifflet à ultra-sons.

— Tu as un sifflet silencieux ? Parfait. Va te dissimuler derrière un arbre. Surtout, qu'on ne t'aperçoive pas d'ici. »

Mady courut vers le bois. Le metteur en scène cria à la ronde :

« Silence, on tourne ! »

Cette fois, malgré sa charge, Kafi bondit à toute vitesse en direction de la forêt vers l'endroit invisible d'où l'appelait Mady.

« Très bon ! cria le cameraman. Inutile de reprendre une troisième fois. »

Il fallait, à présent, transporter le matériel à travers la forêt. Favelli réquisitionna l'aide de deux des Compagnons qui ne jouaient pas, en leur promettant un petit cachet. Le metteur en scène retrouva le premier endroit marqué d'un chiffon et il installa son trépied. Malheureusement, pour prendre la séquence au téléobjectif, la lumière était trop faible, le ciel s'étant partiellement couvert. Pas question, à cette distance, d'utiliser le projecteur. Il fallut attendre une éclaircie. Il s'agissait de la scène où Kafi... pardon, Ubu, courait à travers bois avec son chargement.

Satisfait de la séquence précédente, le metteur en scène demanda à Mady d'aller encore se cacher dans la forêt pour appeler Kafi avec un sifflet. Puis, à Tidou :

« Emmène ton chien à trois cents mètres de Mady et retiens-le jusqu'à ce que je crie : hop !... Toi, Mady, tu siffleras au même moment. »

Arlette reprit son ardoise qu'elle plaça devant l'objectif en annonçant.

« 286 première !...

— Hop ! » cria le metteur en scène, les mains en porte-voix.

Kafi bondit à travers bois, évitant les arbres, les souches, disparaissant derrière un buisson, reparaissant plus loin. Hélas ! au même moment, un nuage passa de nouveau devant le soleil, plongeant la forêt dans une demi-pénombre. Tout était à recommencer. Il fallut attendre une éclaircie.

« Quelle patience pour tourner un film ! dit Bistèque à Gnafron. Je comprends pourquoi le metteur en scène n'était pas chaud pour tourner trois fois des séquences presque identiques. On aurait pu tout grouper. »

Heureusement, les nuages disparurent. Une fois la course à travers la forêt tournée, on passa avec tout le matériel sur le versant suisse où la lumière était bonne, et où il fut plus facile de suivre Kafi dévalant dans les herbes des hauts pâturages.

Plus délicate fut la traversée du petit lac.

Il fallut la reprendre plusieurs fois. En entendant les faux coups de feu, Kafi croyait qu'on tirait réellement sur lui. Au lieu de continuer à fendre les eaux, il rebroussait chemin, pour fuir en zigzags le long de la berge.

Enfin, il comprit qu'il n'y avait aucun danger et franchit l'étendue d'eau large de deux cents mètres. Les Compagnons étaient mobilisés pour y jeter de petits cailloux simulant l'impact des balles.

Lorsque la troupe arriva à la cabane, il y eut une pause pendant laquelle Arlette déguisa le Tondu en berger. Elle appliqua sur son crâne chauve une longue perruque rousse, et, au menton, un collier de barbe de même couleur. Le Tondu avec des cheveux ! Il ne ressemblait plus du tout à lui-même.

Il était déjà cinq heures. Le soleil déclinait. On reprit le tournage. Le projecteur installé dans la cabane, le Tondu fut filmé en train de débarrasser Kafi de son chargement. Il fallait, à présent, cacher les faux billets. Le producteur délégué déclara que le seul moyen était de les enterrer... ce qui ne fut pas très difficile, le sol de terre battue n'étant pas très dur. Sous l'œil de la caméra, le chevelu et barbu Compagnon prit une pelle et se mit à l'œuvre. Le trou creusé, les billets rangés au fond, il recouvrit le tout de terre et répandit de la paille qui dissimulait toute trace. Personne ne pouvait deviner là l'emplacement d'un faux trésor.

« Vous voyez, fit Favelli au metteur en scène, nous avons réussi à tourner toutes les séquences dans l'après-midi. En trois jours nous en aurons terminé. »

L'air fraîchissait. Il faisait presque nuit quand l'équipe, chargée de tout le matériel, déboucha dans la clairière du Point-Rond. Favelli avait retrouvé sa bonne humeur. Avant le dîner, il offrit l'apéritif.

Le repas traîna en longueur, à cause du service plutôt lent. La patronne du Point-Rond était en effet débordée par ces clients si nombreux.

Le dîner terminé, plusieurs cinéastes restèrent en bas pour une partie de cartes. Les Compagnons, eux, préférèrent monter se coucher.

« Tu devrais me donner Kafi, proposa Mady à Tidou. Il a tellement de peine à monter au grenier et est incapable d'en descendre sans aide. Je le garderai dans ma chambre. »

Kafi suivit donc Mady tandis que les garçons regagnaient leur pigeonnier, par l'échelle en vérité plutôt raide. Sitôt installés dans leur sac de couchage, ils se mirent à discuter cinéma. Le tournage de l'après-midi les avait amusés, certes, mais, comme Arlette, ils n'avaient pas trouvé très rationnelle la façon de procéder. Gnafron, en particulier, était intrigué par ce film. Des détails lui revenaient. Il se posait de nombreuses questions.

« Pourquoi, comme l'a proposé le metteur en scène, n'avoir pas tourné en même temps toutes les séquences de la remise, de la forêt, du lac, de la cabane ? Demain, il faudra charrier de nouveau le matériel... Pourquoi Favelli a-t-il tenu à ouvrir un sac pour montrer qu'il s'agissait bien de vieux papiers... et pourquoi ces sacs étaient-ils dans le coffre de sa Mercedes plutôt que dans la camionnette avec le reste ?... Pourquoi cette précaution de si bien enfouir les sacs, dans la cabane ?

— Pourquoi... pourquoi ? Toujours des pourquoi ! protesta la Guille. Tu le demanderas demain à Favelli. Éteins ta lampe de poche et dormons. »

Un quart d'heure plus tard, les garçons sombraient dans le sommeil... sans Kafi qui aurait sans doute préféré rester avec son maître.

... Le jour passait par la lucarne du grenier quand Tidou s'éveilla. Instinctivement, il étendit la main pour caresser son chien.

« C'est vrai, se dit-il, il est chez Mady. »

Il regarda sa montre. Sept heures ! Il lui sembla que, dehors, la clarté n'était pas très vive. Au début de juillet, le soleil se lève pourtant tôt. Il jeta un coup d'œil par la lucarne et ne vit rien. La forêt avait disparu.

« Oh ! du brouillard ! »

L'effet était curieux. La clairière paraissait se prolonger sans fin puisqu'on ne voyait pas les arbres. Tidou se retourna vers ses camarades pour les réveiller et les inviter à voir le spectacle étrange. Mais tout à coup, il s'aperçut qu'il en manquait un... le « petit » Gnafron. Était-il déjà levé ? Avait-il voulu faire une promenade matinale dans la brume ?

Cela parut si étrange à Tidou que Gnafron, si bon dormeur, fût déjà descendu, qu'il secoua ses camarades. L'un après l'autre, Bistèque, la Guille et le Tondu émergèrent de leur sac de couchage.

« Gnafron a disparu... son sac est froid. Il s'est sûrement passé quelque chose cette nuit ! »

Chapitre 6

Le coup de téléphone

Constatant par eux-mêmes que Gnafron avait quitté le grenier depuis longtemps, les garçons s'habillèrent en hâte et descendirent dans la salle à manger où ils ne trouvèrent personne. Ils remontèrent alors frapper chez Mady. Celle-ci achevait de se peigner, prête à sortir. Kafi, qui avait passé la nuit sur le plancher, bondit joyeusement vers son maître, heureux de le retrouver, mais celui-ci y fit à peine attention.

« Gnafron a disparu, annonça-t-il. Son sac de couchage est froid. Il a dû sortir en pleine nuit, dans le brouillard. Mais pour aller où ? »

Mady ne cacha pas sa surprise.

« Sorti ?... Et vous ne l'avez pas entendu se lever ?... pousser la porte du grenier ?

— Ce devait être assez tôt dans la nuit. Nous étions dans notre premier sommeil.

— Personne ne l'a vu, dans l'hôtel ?

— La patronne n'est pas encore levée. »

Mady réfléchit.

« Au fait, cette nuit, Kafi m'a réveillée.

— À quelle heure ?

— Je n'ai pas regardé ma montre ; il m'a semblé que je ne dormais pas depuis longtemps. Il a grondé comme s'il entendait du bruit. J'ai écouté. Ce bruit venait de la chambre à côté. J'ai pensé que Favelli se relevait pour aller jeter un coup d'œil à sa voiture, comme l'autre nuit.

— Et tu l'as entendu rentrer ?

— Vers quatre heures du matin, Kafi a de nouveau grogné. Cette fois j'ai nettement perçu, de l'autre côté de la cloison, un bruit lourd, comme celui d'une chaussure qui vous échappe des mains et tombe sur le plancher. Ensuite, je me suis rendormie.

— Bizarre ! fit le Tondu. En somme Favelli et Gnafron pourraient être sortis en même temps. »

Mady se donna un dernier coup de peigne et tous descendirent dans la salle à manger. Cette fois, la patronne était levée.

« Debout si tôt ? dit-elle en riant. Pourquoi n'avez-vous pas fait la grasse matinée comme ces messieurs du cinéma ?

— Notre camarade Gnafron a disparu. »

Les mains sur les hanches, l'hôtelière fronça les sourcils.

« Disparu ?... Où serait-il parti, surtout avec ce brouillard à couper au couteau ?

— Justement, c'est ce qui nous inquiète. Vous n'avez pas entendu du bruit, cette nuit, dans l'auberge, ou aux alentours ?

— J'étais si lasse, hier soir. Je me suis endormie comme une souche, mon mari aussi. »

Les Compagnons cherchaient à expliquer l'inexplicable quand le producteur délégué apparut au bas de l'escalier.

« Ah ! jeunes gens, dit-il tout de suite, j'ai une mauvaise nouvelle à vous apprendre. Un de vos camarades, celui que vous appelez Gnafron, a dû partir précipitamment, cette nuit.

— Vous l'avez vu ?

— C'est moi qui suis monté au grenier le réveiller. Vous dormiez tous comme des loirs.

— Que lui est-il arrivé ?

— À lui, rien. Hier soir, assez tard, tout le monde dormait dans le chalet quand le téléphone a sonné... Il a même sonné longtemps, très longtemps. Le demandeur insistait. Finalement, puisque personne ne décrochait, je suis descendu, en pyjama, et j'ai pris la communication. C'était l'hôpital de Grange-Blanche, à Lyon. La mère de votre camarade vient d'être victime d'un accident d'auto probablement grave. Elle faisait demander à son fils de rentrer au plus tôt... Je suis monté au grenier.

Gnafron ne dormait pas. Il s'est vite habillé. Je lui ai proposé de le conduire en voiture à Morez. Il a préféré enfourcher son vélomoteur. Heureusement, le brouillard n'était pas encore tombé. »

Les Compagnons se regardèrent, consternés.

« C'est grave, dites-vous ? fit Mady.

— On ne m'a rien précisé... mais je le suppose. En partant, votre camarade a dit qu'il téléphonerait pour vous donner des nouvelles. »

Et Favelli ajouta :

« Comble de malchance ! Le perchman est malade, ce matin. Une bonne indigestion. Hier soir, il a mangé de l'omelette, comme tout le monde, et il ne supporte pas les œufs... Et avec ça, le brouillard. Tout avait pourtant si bien commencé hier. »

Puis, voyant les quatre garçons et Mady restés debout, désemparés, devant leur table, il ajouta :

« Que ça ne vous empêche tout de même pas de prendre votre petit déjeuner ! »

La patronne leur servit du chocolat avec pain, beurre et confiture de myrtilles à discrétion. La mauvaise nouvelle leur avait coupé l'appétit ; ils mangèrent du bout des dents.

« Quel malheur ! murmura Mady. Gnafron a déjà perdu son père il y a cinq ans. Que deviendrait-il si sa mère ne se remettait pas ? »

Ils achevèrent tout de même leur petit déjeuner, mais en silence. S'ils ne disaient rien, tous paraissaient réfléchir profondément.

« Curieux, ce coup de téléphone en pleine nuit ! fit Tidou. Tu n'as rien entendu, toi, Mady ?

— Non.

— Pourtant, ta chambre est voisine de celle de Favelli.

— C'est peut-être cet appel qui a fait gronder Kafi ; moi, je n'ai rien perçu.

— Kafi ne grogne pas à une sonnerie de téléphone. Il ne confond pas le téléphone avec un timbre d'entrée, à la porte. »

Ils parlaient à mi-voix. Il leur sembla que le producteur délégué, assis à l'autre bout de la salle, cherchait à écouter ce qu'ils disaient.

« Allons dans ta chambre, Mady, proposa Tidou, nous serons plus à l'aise pour discuter. »

Ils montèrent au premier et s'assirent sur le lit de Mady, qui ploya à en toucher le plancher.

Tout d'abord tous avaient cru sincèrement au coup de téléphone. À présent, ils doutaient. Le forestier et sa femme, qui couchaient juste au-dessus du recoin de la salle à manger où l'appareil était installé, auraient dû entendre.

« Ils n'ont sans doute pas l'habitude de recevoir des appels en pleine nuit, objecta la

Guille. Si c'était chose courante, ils auraient fait poser une prise dans leur chambre, pour brancher l'appareil la nuit. »

Le Tondu hocha la tête.

« Après tout, que le forestier et sa femme n'aient pas été réveillés, c'est possible, mais nous autres, nous aurions dû entendre Favelli entrer dans notre grenier. Comment a-t-il reconnu Gnafron, enfoui jusqu'aux yeux dans son sac de couchage ? Il a certainement allumé une lampe de poche. En réveillant notre camarade, il lui a parlé, expliqué pourquoi il le dérangeait. Aucun de nous quatre n'aurait entendu ?

— En effet, c'est inconcevable, approuva Tidou. Nous avons le sommeil profond, mais tout de même pas à ce point.

— Dans ces conditions, qu'en concluez-vous ? » fit Mady.

Comment répondre d'une façon catégorique ? Une seule chose paraissait certaine, l'événement ne s'était pas passé de la façon dont l'affirmait Favelli.

« Je suis aussi très intrigué, reprit Tidou, par le fait que Favelli s'est levé tôt dans la nuit, si l'on en croit les grognements de Kafi, et qu'il n'est rentré que vers quatre heures du matin. Qu'a-t-il fait pendant tout ce temps ? »

La Guille cherchait une explication quand Kafi dressa les oreilles. Le producteur délégué remontait dans sa chambre. Or, la cloison séparant les deux pièces était mince. En tendant l'oreille, l'homme aurait pu surprendre la discussion. Les Compagnons redescendirent dans la salle à manger. Les cinéastes, enfin levés, y prenaient leur petit déjeuner. Arlette quitta la table où elle s'était installée, avec le metteur en scène et l'ingénieur du son, pour saluer les jeunes Lyonnais.

« Qu'avez-vous ce matin ? demanda-t-elle tout de suite. Vous avez mal dormi ? »

Elle ignorait ce qui s'était passé. Elle non plus n'avait pas entendu la sonnerie prolongée du téléphone. Elle compatit à l'inquiétude des Compagnons.

« Pauvre Gnafron ! Vous dites qu'il a déjà perdu son père ? Cet accident n'est peut-être pas si grave. Sur le coup, on s'affole vite. »

Arlette était sympathique. Les Compagnons devaient-ils lui faire part de leurs doutes ? Ils préférèrent se taire. La jeune fille rejoignit les autres cinéastes pour déjeuner, puisque les gones[1] s'étaient déjà restaurés.

Dehors, le brouillard ne se levait pas. Envelopperait-il la montagne toute la journée de son ouate grisâtre ? Les Compagnons regardaient par la fenêtre quand Favelli redescendit

1. Nom donné aux jeunes, à Lyon.

dans la salle à manger, cachant mal sa mauvaise humeur.

« La guigne ! grogna-t-il. Je viens de voir le perchman. Il ne va pas mieux. En fait d'indigestion, c'est peut-être autre chose car il se sent fiévreux. Heureusement, nous pouvons le remplacer.

« Par vous, par exemple, fit-il en désignant la Guille, puisque vous ne tenez aucun rôle... Car j'espère bien que le soleil se lèvera avant midi. »

Cette matinée, qui aurait dû être joyeuse, parut longue aux Compagnons. Ils ne cessaient de penser à Gnafron et à sa mère.

« S'il a roulé toute la nuit, dit la Guille, il doit être déjà à Lyon, ou bien près... En tout cas, nous devrions téléphoner à l'hôpital.

— D'accord, approuva Tidou, mais pas d'ici. Descendons au village de Risoux, à pied. Il vaut mieux que Favelli ne sache pas qu'on a essayé de se renseigner sur l'accident. »

Mady approuva. Une balade dans le brouillard n'était pas pour lui déplaire. Impossible de se perdre puisqu'il suffisait de suivre le chemin à travers la forêt.

Ils s'arrangèrent pour partir sans être remarqués du producteur délégué. La pente les entraînant à marcher vite, ils furent à Risoux en une demi-heure. Le village, très petit, n'avait pas de bureau de poste, seulement un téléphone public, installé dans le café de la localité. Les Compagnons connaissaient bien l'hôpital de Grange-Blanche, mais ils ignoraient son numéro. Pas d'annuaire du Rhône, au café. Mady, à qui ses camarades laissaient presque toujours le soin de téléphoner, réclama ce numéro au service des renseignements.

Enfin, elle obtint l'hôpital et demanda si une Mme Pierret avait été admise la veille, en urgence.

« Pierret ? répondit la téléphoniste. Quel prénom ? »

Mady se tourna vers ses camarades pour leur poser la question. Tous furent embarrassés.

« Je crois qu'elle s'appelle Geneviève... ou Germaine, dit Tidou... oui c'est ça, Germaine.

— Mme Germaine Pierret, annonça Mady dans le combiné. Elle aurait été admise hier, à la suite d'un accident d'auto. »

Il y eut une longue attente. La secrétaire devait consulter le registre des entrées.

« Non, pas de Germaine Pierret, fit-elle enfin, seulement une Madeleine Perret, qui n'est pas au service de chirurgie.

— Je vous remercie », dit Mady.

Elle raccrocha. Les Compagnons restèrent silencieux un instant. Puis, Tidou déclara :

« J'en étais presque sûr. Il n'y a pas eu de coup de téléphone cette nuit. Gnafron est parti pour une autre raison.

— Oui, mais laquelle ? fit la Guille. Si Gnafron avait l'intention de quitter l'auberge, il nous l'aurait dit. Il n'est pas du genre cachottier. »

Perplexes, les cinq camarades remontèrent à Bois-Risoux, d'accord pour ne pas dire, en rentrant, d'où ils venaient. Comme ils arrivaient au Point-Rond, ils aperçurent Favelli, sur le pas de la porte, qui semblait scruter le ciel.

« Je me demandais où vous étiez, fit-il, d'où venez-vous donc ?

— De faire une balade dans le brouillard, répondit le Tondu. Il est encore plus épais qu'à Lyon. C'est formidable !...

— Ah ! vous trouvez ça formidable ! Eh bien, pas moi.

— Comment va le perchman ? demanda Mady.

— Justement, je ne suis pas tranquille. Je pense qu'il a bel et bien une intoxication. Il est toujours fiévreux.

— Nous pourrions le voir ?

— Surtout pas. Il ne veut aucune visite, même pas celle de l'hôtelière. Il refuse toute nourriture et toute boisson. S'il ne va pas mieux ce soir, plutôt que de faire monter le médecin, je le descendrai à l'hôpital de Morez. »

Le producteur délégué avait l'air réellement pessimiste, mais que penser de lui ? Mady, qui ne manquait pas de finesse, trouva qu'il exagérait son inquiétude. En tout cas, Favelli avait menti au sujet de la mère de Gnafron. Il n'y avait pas eu de coup de téléphone dans la nuit. Les Compagnons étaient trop entreprenants pour ne pas chercher à percer ce mystère.

Autre disparition

L'hôtelière avait assuré que les brouillards d'été, dans le Jura, ne s'éternisaient pas. En général, la brume se dissipait vers midi pour faire place à un éclatant soleil.

Pour une fois, elle s'était trompée. À midi, la luminosité demeurait si faible qu'il fallut allumer dans la salle à manger. Arlette rejoignit les Compagnons à leur table et s'assit près de Mady. Elle parla du temps, du film, mais les jeunes Lyonnais ne se montraient guère loquaces.

« Vous êtes donc si préoccupés par l'accident ? dit-elle.

— Nous aimerions savoir au juste ce qu'il en est.

— Pourquoi ne téléphonez-vous pas à Lyon, c'est si simple ! »

La question était gênante.

« Notre camarade doit nous appeler. Il nous

donnera plus de détails qu'une infirmière ou une secrétaire de l'hôpital », dit Bistèque, détournant habilement la question.

Le repas se poursuivit, lentement, Arlette partageant l'inquiétude des Compagnons.

« Qu'allez-vous faire de votre après-midi, si nous ne pouvons pas tourner ? demanda-t-elle. Vous savez jouer au bridge ? Je suis une mauvaise partenaire mais j'adore ce jeu.

— Nous connaissons seulement la belote, expliqua le Tondu, mais ça ne nous déplairait pas d'apprendre le bridge, si ce n'est pas trop compliqué.

— Eh bien, essayons !... »

Arlette demanda un jeu de 52 cartes à la patronne, et la script-girl expliqua les règles élémentaires du jeu.

« Treize cartes dans une seule main, s'exclama la Guille, c'est trop fort pour moi ! Je laisse ma place.

— Moi aussi, déclara Mady. Je préfère apprendre en regardant. »

Restaient le Tondu, Bistèque et Tidou, avec Arlette qui distribua les cartes.

De leur côté, les cinéastes avaient entamé une partie tandis que Favelli, lui, arpentait la salle d'un air maussade, comme un ours en cage. De temps à autre, il consultait sa montre, puis se collait le front contre une vitre de la fenêtre pour inspecter le ciel. Décidément, le brouillard était bien accroché. On aurait dit que la forêt le retenait prisonnier. Cependant, au loin, on apercevait quelques arbres invisibles une heure plus tôt et l'atmosphère était plus lumineuse. Un espoir subsistait-il de voir l'horizon se dégager ?

Favelli s'approcha alors du metteur en scène.

« Si nous essayions quand même de tourner ? »

Galibert jeta rageusement ses cartes sur la table.

« Ah ! non, pas maintenant. Vous voyez bien que la journée est fichue ! »

Et il ajouta :

« Si nous avions filmé, hier, les trois séquences à la fois, nous aurions pu plier bagage aujourd'hui. Vous n'avez pas voulu tenir compte de mon conseil. Tant pis pour vous. »

Reprenant ses cartes, le metteur en scène se remit à jouer en fumant un cigare aussi gros qu'un barreau de chaise.

« Galibert a raison, murmura Arlette. On ne peut pas tourner aujourd'hui. Ma parole, on dirait que Favelli ne connaît rien au cinéma... Quel homme curieux ! Vouloir tourner un film au rabais et s'y prendre de cette façon ! Enfin, ça le regarde. »

Tidou, Bistèque et le Tondu commençaient à

s'intéresser au bridge, qu'ils trouvaient pourtant compliqué. Cela les changeait de la belote. Mady, derrière Arlette, suivait le jeu quand tout à coup une idée lui passa par la tête... une idée qui était peut-être l'une de ses fameuses intuitions. Toute l'équipe était en bas, il n'y avait donc personne au premier. Elle grimpa l'escalier avec Kafi qui avait des fourmis dans les pattes à force de rester assis près de son maître.

En haut, le couloir était désert. Elle s'approcha de la chambre n° 4, celle du perchman. L'oreille tendue, elle écouta. Puis elle observa Kafi. Celui-ci ne manifesta rien, comme si la pièce était vide. Le perchman dormait peut-être. Pourtant, Kafi avait l'ouïe fine. Il aurait décelé le souffle d'une respiration.

Mady attendit quelques instants, puis elle s'enhardit à tourner doucement, très doucement le bouton de la porte. Celle-ci résista. Elle était fermée à clef, ou par un verrou, à l'intérieur.

« Curieux ! » se dit-elle.

Elle allait appeler le perchman, dire qu'elle venait prendre de ses nouvelles quand elle entendit des pas dans l'escalier. Elle se sauva dans sa chambre, avec Kafi, et y resta un moment avant de redescendre. Ses camarades jouaient toujours avec Arlette. Elle ne voulait rien dire devant la script-girl. Mais dès la partie finie, quand la jeune fille s'en alla, elle annonça :

« Je suis montée au premier, tout à l'heure, avec Kafi. J'ai l'impression que le perchman n'est pas dans sa chambre... En tout cas, ni Kafi ni moi n'avons perçu aucun bruit... serait-il mort ?

— Mort ? se récria la Guille. Tu y vas un peu fort, Mady... Mais si c'est vrai, il faut tout de suite prévenir Favelli.

— Doucement, murmura le Tondu. De trois choses l'une. S'il est mort, rien ne presse, et ce n'est pas à Mady de dire qu'elle a écouté à sa porte avec Kafi... S'il est parti, mieux vaut ne pas poser la question... et s'il dort, laissons-le dormir. Kafi a l'oreille fine, d'accord, mais un homme fiévreux qui dort, enfoui sous ses couvertures, ne fait guère de bruit.

— D'accord, approuva Tidou, attendons. »

Dehors, le soir tombait déjà... ou plutôt le brouillard s'épaississait de nouveau. La forêt était redevenue invisible. Favelli ne tenait plus en place. Il grimpait dans sa chambre, en redescendait, sortait sur le pas de la porte, pour examiner la clairière, rentrait pour sortir de nouveau cinq minutes après.

Vers six heures, après être remonté au premier, il revint en disant :

« Je viens de voir le perchman. Il a dormi tout l'après-midi et beaucoup transpiré... ce qui ne l'empêche pas d'avoir autant de fièvre. N'essayez pas d'aller le voir. Il m'a remis sa clef pour que je le boucle dans sa chambre. Il refuse toujours de boire et de manger. Si cela continue, j'appellerai un médecin, demain matin. »

Ce disant, il montra une clef sortie de sa poche. Les Compagnons demeurèrent perplexes. Mady s'était-elle trompée en croyant l'homme parti ?... parti où, d'ailleurs ?

Après cette interminable journée d'inaction, le repas du soir apporta une petite distraction.

« Votre camarade n'a toujours pas appelé ? demanda Arlette en s'installant à la table des jeunes Lyonnais.

— Il paraît que la ligne est en dérangement, fit Tidou. La patronne n'a pas pu téléphoner à Morez, tout à l'heure. »

Le repas du soir se déroula sans entrain. Au dessert, pour égayer la troupe, la Guille sortit son harmonica et se mit à jouer des airs bien enlevés. Les cinéastes frappèrent la mesure en tapant dans leurs mains.

« Moins de bruit, intervint Favelli. Vous allez réveiller Garcia s'il s'est rendormi. »

La Guille remit l'harmonica dans sa poche, et le tumulte cessa.

« Puisqu'on ne peut pas se distraire, déclara Arlette, je monte dans ma chambre, je lirai au lit.

— Moi aussi », ajouta Mady.

Comme la veille, elle demanda à Tidou de lui confier Kafi en disant :

« S'il se passe quelque chose chez Favelli, sois sûr que Kafi me réveillera. »

Les garçons restèrent encore un moment dans la salle à manger à écouter le metteur en scène qui racontait à l'ingénieur du son une mésaventure arrivée lors d'un précédent tournage : celle d'un acteur déguisé en marin censé être ivre et qui s'était fait bel et bien embarquer par la police du port.

Puis, à leur tour, ils montèrent se coucher dans leur grenier, qui était plus froid que l'autre nuit puisque le soleil n'en avait pas chauffé le toit dans la journée. Aucun d'eux n'avait sommeil. Ils s'attardèrent à discuter.

« Si Mady avait raison ? dit le Tondu. Si le perchman était réellement parti ?

— Oh ! toi, riposta Bistèque, on te connaît. Mady devine ceci, Mady devine cela. Pour toi, Mady est infaillible... Nous serons fixés demain. Dormons. »

Ils s'enfoncèrent jusqu'au bout du nez dans leurs sacs de couchage. À part la Guille qui se mit tout de suite à ronfler, les autres ne réussirent pas à trouver leur sommeil. Trop de choses les tracassaient et ils étaient de plus en plus inquiets au sujet de Gnafron et de sa mère.

Vers onze heures, tout à coup, le Tondu se dressa hors de son sac.

« Écoutez !... Un bruit de moteur ! »

Tous trois s'extirpèrent de leurs sacs comme des vers à soie de leurs cocons pour s'approcher de la lucarne. Malheureusement, cette lucarne donnait sur l'arrière de l'auberge et non sur le terre-plein où étaient garées les voitures.

« Silence ! » murmura le Tondu.

Oui, une auto démarrait... pas très discrètement, comme si le chauffeur prenait plaisir à faire vrombir son moteur.

« Aucun doute, déclara le Tondu qui s'y connaissait, c'est la Mercedes. Où peut-elle aller dans ce brouillard ?

— Garcia va peut-être plus mal, supposa Bistèque. Favelli n'a pas pu téléphoner à un médecin puisque la ligne est en dérangement. Il le conduit à Morez. »

Ils attendirent. Le bruit du moteur s'était éteint dans le lointain.

« Recouchons-nous, dit Tidou. Avec ce brouillard, il n'est pas près de rentrer. »

Une demi-heure plus tard, tout le monde dormait dans le grenier.

Il était six heures, le lendemain, quand Tidou s'éveilla, le premier, comme presque chaque matin. Il se leva aussitôt, impatient de savoir ce que Mady avait pu voir et entendre de sa chambre. Il secoua rudement ses camarades qui grognèrent.

« Qu'y a-t-il ?... Le feu dans le foin ? s'écria la Guille qui rêvait justement d'un incendie.

— Non, pas le feu !... mais sors vite de tes langes. Il y a du nouveau. Mady va sûrement nous donner des précisions. »

Ils dégringolèrent de leur perchoir. Trop mal réveillé, la Guille manqua un échelon et faillit tomber sur le crâne chauve du Tondu, au-dessous.

Dehors, c'était le même temps que la veille, presque aussi bouché mais plus froid. L'hôtelière balayait la salle à manger.

« Toujours aussi matinaux ! s'exclama-t-elle. Vous avez eu froid, cette nuit, là-haut ? Vous avez vu le temps, ce matin ?... Dire que d'habitude, en juillet... »

La brave femme avait envie de parler mais les Compagnons ne s'attardèrent pas. Ils montèrent directement chez Mady. Ils n'eurent d'ailleurs pas à frapper à sa porte. Kafi avait reconnu les pas de son maître dans l'escalier et demandé à la jeune fille d'ouvrir.

« Je vous attendais », murmura-t-elle.

Puis un doigt sur ses lèvres, un autre désignant la cloison de la chambre voisine :

« Parlons doucement... Cette fois, c'est sûr !

— Qu'est-ce qui est sûr ? Le perchman est parti ?

— Oui... mais pas cette nuit. Pour moi, il a disparu en même temps que Gnafron.

— Explique-nous ! »

Mady fit signe de parler plus bas et les garçons se rassemblèrent autour d'elle.

« À onze heures, commença-t-elle, je ne dormais pas encore. Je finissais un nouveau roman. Tout à coup, Kafi a dressé les oreilles. Il venait d'entendre du bruit chez Favelli. J'ai collé l'oreille contre la cloison. Le producteur délégué se levait. Puis sa porte a grincé. J'ai aussitôt éteint ma lumière et ouvert ma fenêtre. Quelques instants plus tard, Favelli est sorti. La nuit était sombre, j'ai à peine distingué sa silhouette... mais je peux vous assurer qu'il était seul. Il s'est dirigé vers sa voiture et a allumé ses phares puis il a aussitôt démarré en faisant beaucoup de bruit.

— Nous avons entendu, dit le Tondu, nous ne dormions pas, nous non plus. Quand est-il rentré ?

— À trois heures et demie du matin. C'est encore Kafi qui m'a donné l'alerte, au bruit du moteur. Je me suis précipitée vers la fenêtre. Favelli était encore seul. Il est monté aussitôt se coucher ; son sommier a grincé quand il s'est étendu sur son lit. Il ne ramenait donc pas de médecin... Conclusion : Favelli ne s'est pas gêné pour faire du bruit, avec sa voiture, pour laisser croire qu'il venait d'emmener Garcia à l'hôpital... Vous verrez tout à l'heure, en descendant prendre notre petit déjeuner, que c'est l'explication qu'il donnera. J'en mets ma main au feu.

— Formidable ! s'écria le Tondu, oubliant que le producteur délégué était juste de l'autre côté de la cloison. Mady, tu es formidable... mais tout ça ne nous explique pas où est Gnafron. »

Chapitre 8

Des signaux en morse

Mady ne s'était pas trompée. Une heure plus tard, quand tout le monde se trouva réuni pour le petit déjeuner, on vit arriver dans la salle un Favelli au front soucieux qui demanda :

« Je ne vous ai pas trop dérangés, cette nuit ? Garcia allait plus mal ; faute de pouvoir téléphoner à un médecin, je l'ai conduit à l'hôpital de Morez. Je me demande ce qu'il peut avoir. Je n'ai pas attendu l'interne de service pour le diagnostic. »

Puis, il ajouta :

« Cette nuit, à Morez, le ciel était dégagé. On voyait les étoiles. J'espère que cette crasse qui envahit les hauteurs se dissipera dans la matinée. »

Les Compagnons échangèrent un regard discret de connivence. Le petit déjeuner terminé, ils remontèrent dans leur grenier, avec Mady, afin d'être plus à l'aise pour discuter. Là-haut, sans risque d'être entendus, ils purent échanger librement leurs idées.

« Oui, répéta Mady, Gnafron a probablement disparu en même temps que le perchman, mais ça ne nous avance guère. Toutes les suppositions restent permises. Gnafron et Garcia sont-ils partis ensemble, d'un commun accord ? Garcia a-t-il enlevé Gnafron ?... Pourquoi Favelli essaie-t-il de camoufler ces deux disparitions ?... Ne serait-ce pas plutôt Favelli qui les aurait escamotés tous les deux ? Pour quelle raison ?

— Si Gnafron n'a pas regagné Lyon, dit la Guille, on peut supposer qu'il n'est pas très loin. Qui sait, peut-être caché dans la forêt ? Dans ce cas...

— Compris, interrompit Tidou. Je venais d'avoir la même idée. Tu veux parler de Kafi ? Oui, et si mon chien ne peut pas nous conduire jusqu'à lui, alors nous tenterons autre chose. »

Et, jetant un regard sur sa montre :

« Neuf heures et demie seulement. Équipons-nous comme pour une balade dans le brouillard. »

Gnafron avait oublié son bracelet-montre, près de son sac de couchage. C'était une habitude du « petit » Gnafron, de ne pas dormir avec sa montre. Parti précipitamment, il avait omis de la repasser à son poignet.

« Tiens ! » dit Tidou, en présentant à son chien le bracelet de cuir, imprégné de l'odeur de son propriétaire.

Kafi devina aussitôt ce qu'on lui demandait. Il battit frénétiquement de la queue et regarda son maître avec des yeux intelligents qui semblaient dire :

« C'est Gnafron que tu cherches ? Tu me demandes de le retrouver ? Alors, allons-y ! »

Au lieu de se laisser prendre sur les épaules de son maître, il sauta directement du grenier sur le sol à trois mètres au-dessous.

« Attention ! murmura le Tondu, Favelli pourrait nous voir. Il se demanderait ce que nous cherchons autour de l'auberge. Il sait que Kafi est dressé en chien policier. »

Ils prirent tous les cinq l'air de flâneurs qui ne savent trop que faire. Discrètement, Tidou tendit de nouveau le bracelet-montre à son chien qui, sans hésiter, s'engagea dans la forêt, suivant la piste empruntée par les cinéastes l'avant-veille... ce qui était normal, bien sûr, et non probant. Pas à pas, dans la forêt de sapins, assombrie par la brume tout de même moins épaisse, Kafi atteignit la crête, c'est-à-dire la frontière, sans avoir rencontré de douaniers.

Surprise ! Pas la moindre trace de brume sur le versant suisse ! Derrière Kafi, tenu en laisse et entraînant son maître, les Compagnons dévalèrent les pentes herbues, contournèrent le petit lac et atteignirent la cabane délabrée. Personne à l'intérieur. Cependant Kafi prouva en battant de la queue que le « petit » Gnafron était venu là. Il flaira sa trace sur le tas d'herbes sèches recouvrant le trou creusé par le Tondu.

« Je me rappelle parfaitement, déclara Mady, qu'avant-hier à aucun moment du tournage, Gnafron n'a pénétré dans la cabane. Donc il est revenu ici, et, cette fois, il est entré... Était-il seul ?... Que voulait-il faire ? »

Le Tondu proposa de soulever la paille et de rouvrir le trou où lui-même avait enterré les faux billets.

« Nous allons perdre du temps, protesta Bistèque. Ce ne sont pas ces vieux papiers qui nous intéressent, mais Gnafron. »

Ils remontèrent la pente glissante mais, tout à coup, alors qu'ils venaient de repasser la frontière, Kafi s'arrêta, hésitant. Il fit comprendre à son maître qu'à partir de là il découvrait deux pistes, celle qui conduisait vers le Point-Rond et une autre, à droite. Tidou lui fit de nouveau flairer le bracelet-montre. Le chien leva la tête vers son maître, avec l'air de dire :

« Non, non, je ne me trompe pas. Deux pistes partent d'ici. Que faut-il faire ?

— Par ici, Kafi », commanda Tidou en lui montrant la seconde piste, celle que l'équipe n'avait pas empruntée.

Le chien avança alors d'arbre en arbre, la truffe contre le sol humide. Au bout d'un kilomètre ou deux (la distance était difficile à évaluer), il arriva à l'entrée d'une clairière semblable au Point-Rond. À l'entrée de cette clairière s'élevait une maisonnette, ou plutôt une grande cabane, mais en bon état celle-là, avec un soubassement de pierre. Une habitation de bûcheron, sans doute, ou de garde forestier.

Pour s'assurer que Kafi ne se trompait pas, Tidou lui présenta encore le bracelet de cuir. Le chien battit de la queue et tira violemment sur sa laisse pour aller jusqu'à la maisonnette.

Les Compagnons furent unanimes à conclure que Gnafron y était entré... Y était-il encore ?

Aucun bruit n'en filtrait, du moins aucun bruit audible pour les Compagnons. Cependant, à sa façon de humer l'air, de pencher la tête, Kafi avait l'air, lui, de percevoir quelque chose.

« Méfions-nous, dit Bistèque. Si Gnafron est venu ici, il faudrait savoir s'il en est reparti.

— Pas difficile, fit Mady. Décrivons un cercle complet autour de la clairière en nous abritant derrière les arbres ; si Kafi ne recoupe aucune autre piste, à coup sûr cela voudra dire que Gnafron est resté dans cette maisonnette. »

Sans bruit, en retrait de la clairière, les

Compagnons décrivirent un large rond sans que Kafi s'arrêtât une seule fois. Revenu au point de départ, il tendit de nouveau le regard et les oreilles vers le refuge des bûcherons.

« Vous voyez, c'est clair, fit Mady. Gnafron est toujours là... et sûrement pas pour son plaisir !

— Donc, probablement pas seul », ajouta Bistèque.

Tidou se demandait ce qu'ils devaient faire, quand tout à coup son chien pointa les cornets velus de ses oreilles dans une autre direction, celle du Point-Rond.

Quelqu'un arrivait à travers bois. Le brouillard se levait de plus en plus. Tidou souffla à ses camarades de s'accroupir derrière un buisson.

« Écoutez ! des branches mortes qui craquent sous des pas !... »

Kafi ne voyait pas encore l'homme, mais il suivait son cheminement. Ses oreilles tournaient lentement vers la maisonnette. Soudain Mady saisit le bras du Tondu :

« Regarde !... là-bas !... Entre les arbres. »

Une silhouette s'avançait, courbée sous le poids d'un sac à dos, une forme fugitive, apparaissant et disparaissant derrière les frondaisons. Enfin, elle atteignit la clairière.

« Favelli ! C'est Favelli ! » souffla Bistèque.

Tous le reconnurent, bien qu'il fût coiffé

d'une casquette à rabats comme en portent les gens du pays, l'hiver. Il traversa sans hésiter la clairière, sortit une clef de sa poche et entra. Qu'apportait-il dans son sac ?... et à qui ?

« Probablement de la nourriture, supposa le Tondu. Attendons qu'il reparte. Il est bientôt midi, il ne s'attardera pas. Il voudra être à l'heure pour le déjeuner à l'auberge. »

En effet, Favelli reparut moins de cinq minutes plus tard, son sac sur le dos, mais plat cette fois. Immobiles, Tidou tenant son chien à ses pieds, les Compagnons attendirent que Favelli se fût éloigné.

« Qu'est-ce qu'on fait ? » demanda la Guille.

Tidou ne sut que répondre. Kafi avait prouvé que Gnafron était dans la maisonnette... mais seul, ou retenu par quelqu'un ? S'approcher était délicat et pouvait mettre Gnafron en danger. À aucun prix, il ne fallait prendre de risques.

« Contournons encore la maison, proposa Mady, de façon à observer l'arrière, plus proche de la forêt. »

Ils décrivirent à nouveau un cercle, ou plutôt un demi-cercle, et parvinrent ainsi à moins de cinquante mètres de l'habitation.

Mais tout à coup, alors qu'il faisait un pas en avant pour mieux voir, le Tondu marcha sur la patte de Kafi qui poussa un aboiement de douleur.

« Tu ne pouvais pas faire attention à mon chien, dit vivement Tidou, en colère. À présent, nous allons être repérés. »

Tous se cachèrent derrière des troncs d'arbres, risquant seulement un œil en direction de la maisonnette.

Soudain à travers un étroit vasistas du toit pentu, Mady vit apparaître une tête.

« Gnafron !... »

Tous reconnurent leur camarade, la tête prise comme dans un carcan tant l'ouverture était étroite.

« Il a reconnu la voix de Kafi, murmura Tidou. Il a compris que nous avions découvert sa prison. »

Était-il vraiment seul ? Sûrement pas : il se serait débrouillé pour s'échapper. Quelqu'un le gardait, probablement le perchman. Pour quelle raison ?

Ce n'était pas le moment de se poser des questions.

« Il faut le délivrer, dit le Tondu. Nous sommes cinq avec Kafi, qui nous vaut tous à lui seul.

— Non, interrompit Tidou. Le perchman, si c'est lui qui le garde, est peut-être armé. »

Mais soudain, la tête ébouriffée de Gnafron disparut... pour faire place à son bras qu'il agita, faisant signe aux Compagnons qu'il les avait vus. (Vu l'étroitesse de l'ouverture, il ne pouvait à la fois passer la tête et la main.)

Cette main se tendit le plus haut possible. Puis elle s'ouvrit, se referma, s'ouvrit de nouveau, tantôt très vite, tantôt plus lentement.

« Du morse ! s'écria Tidou. Il essaie de nous dire quelque chose en morse. »

Les Compagnons connaissaient l'alphabet morse. Cette sorte de télégraphe leur avait servi plusieurs fois pour communiquer, de nuit, avec une lampe de poche.

« Regardez bien, fit Bistèque. J'ai compris. Son poing fermé signifie l'intervalle, la main vite ouverte, un point, et plus longuement, un trait. Oui, c'est ça ! Un trait... un point, un trait... Un point, un trait, deux points... Un trait, un point, un trait... un trait, un point, deux traits...

— Talkie ! déchiffra Mady. Il a quelque chose à nous dire mais ne peut nous le crier. Il réclame un talkie ! »

Hélas ! les Compagnons n'avaient pas leurs appareils. Ceux-ci étaient restés dans le grenier. Il était trop tard pour aller les chercher car midi était déjà passé.

Son message lancé, Gnafron retira son bras et passa de nouveau la tête à travers l'ouverture. Alors, de loin, Tidou lui répondit en morse :

« Compris !... tout à l’heure !

— À présent, rentrons vite ! dit Mady. On va nous attendre au Point-Rond et se demander ce que nous avons fait toute la matinée... »

Chapitre 9

Une intuition de Mady

Soulagés d'avoir retrouvé Gnafron, certains à présent que la santé de sa mère n'était pas en cause, mais de plus en plus intrigués par ce kidnapping, les Compagnons hâtèrent le pas pour rentrer au Point-Rond. Ils n'avaient pas aperçu Garcia, mais, à coup sûr, c'était lui qui retenait Gnafron prisonnier.

« Pour moi, dit Tidou, Gnafron a découvert quelque chose qu'il n'aurait pas dû voir. Vous le connaissez ! il fourre son nez partout. Favelli ou le perchman l'auront surpris... mais dire où et quand ?

— Sûrement la nuit qui a suivi le premier tournage, dit Bistèque.

— Il faut se débrouiller, cet après-midi, pour lui faire passer le talkie, déclara le Tondu. Qui s'en chargera ?

— Nous verrons ça tout à l'heure. Pressons-nous. »

Il était une heure moins le quart quand ils arrivèrent à l'auberge.

« Eh bien, leur lança Favelli, d'un ton peu aimable, d'où venez-vous ?... Vous n'avez pas de montres ? Le temps s'est dégagé. Nous allons tourner.

— Nous nous sommes promenés dans la forêt, répondit Mady, nous ne pensions pas être allés si loin. Excusez-nous. »

Ils s'installèrent à leur table où Arlette avait déjà commencé son repas, seule, en les attendant.

« Le producteur délégué était furieux contre vous », dit-elle.

Et elle ajouta, pensant à Gnafron :

« Le téléphone est toujours en dérangement. Votre camarade a peut-être voulu vous appeler mais il n'a pas pu. »

Les Compagnons firent semblant d'en être navrés, puis ils se hâtèrent d'avaler leur salade de tomates, et d'attaquer ensuite le plat de bœuf aux carottes. Au dessert, ils avaient rattrapé les autres.

Le producteur, pressé, se leva le premier et, s'adressant aux jeunes Lyonnais :

« Naturellement, je vous mobilise tous. »

Mady protesta.

« Excusez-moi, je ne suis pas très forte pour

porter du matériel. Je me suis trop fatiguée, ce matin, dans la forêt. Je préfère ne pas suivre l'équipe. »

Favelli fronça les sourcils mais n'osa pas la contraindre. Sitôt que le producteur délégué eut le dos tourné, Tidou murmura à sa camarade :

« Tu es folle, Mady. Tu veux essayer toi-même de passer le talkie à Gnafron ? Comment t'y prendras-tu ?

— Avec une ficelle au bout de laquelle j'aurai attaché un petit caillou. Je viserai la lucarne. Gnafron comprendra. Il tirera sur la ficelle. À l'autre bout, j'aurai fixé le talkie.

— Non, Mady, pas toi. Ce pourrait être dangereux.

— Que veux-tu qu'il m'arrive... sinon d'être prise comme Gnafron ? Si vous ne me retrouvez pas, au retour, vous saurez où je suis. »

Tidou insista pour qu'elle laisse sa place à un garçon.

« Non, dit-elle, Favelli se méfierait peut-être... et il a besoin de vous.

— Alors, bonne chance !... »

Dès que le déchargement de la camionnette eut été effectué et les faux billets enlevés du coffre de la Mercedes, la troupe se mit en route... Pas pour aller très loin, d'abord, puisqu'il s'agissait de la séquence tournée dans la remise de l'auberge, où Tidou harnachait son chien avec la sangle qu'il garnissait de sacs de plastique. En somme, à quelques variantes près, on reprenait la scène de l'avant-veille. Il en fut de même pour les autres plans, et il se révéla qu'il eût été fort possible de grouper toutes ces séquences. Mais ainsi en avait décidé Favelli. Il fallait bien se soumettre à sa volonté, puisque c'était le producteur et lui qui finançaient le film.

Les scènes tournées dans la forêt avec Kafi parurent presque monotones. L'intelligent Kafi jouait le jeu avec une conscience qu'on aurait pu qualifier de professionnelle. La suite ne posa pas de problèmes. Pas de douaniers à la frontière. Ils avaient reçu l'ordre de se tenir à l'écart des lieux de tournage. La traversée du lac par Kafi, malgré les cailloux-balles qui faisaient jaillir l'eau autour de lui, fut une réussite. Pas d'imprévus ni de contretemps non plus pour la séquence de la cabane. Le Tondu, redéguisé en berger roux, creusa un second trou auprès du premier pour y enfouir les sacs de plastique.

Favelli, satisfait, déclara :

« Demain, nous tournerons également la séquence finale ; celle où deux hommes viennent chercher le magot pour l'emporter dans des sacs à dos. Ils seront vêtus en alpinistes.

— Qui seront ces deux hommes ? demanda le metteur en scène.

— J'avais prévu le perchman et moi-même. Il faudra trouver quelqu'un pour remplacer Garcia... peut-être vous, Galibert. »

Plus vite tournées que la première fois, les séquences se terminèrent plus tôt. Il était à peine sept heures quand les cinéastes rentrèrent au Point-Rond. Les garçons avaient hâte de retrouver Mady. Celle-ci les attendait sur le pas de la porte.

« Alors ? demanda vivement Tidou.

— Pas de chance ! J'ai fait passer le talkie à Gnafron mais nous n'avons pu entrer en communication. Son talkie doit être détraqué. L'appareil a heurté le rebord du toit quand Gnafron tirait la ficelle. »

Les garçons ne cachèrent pas leur déception... En revanche, Favelli se frottait les mains d'aise. Le second tournage s'était bien passé et, le lendemain, le temps serait certainement beau puisque le baromètre remontait. Après cette troisième prise de vues, on pourrait plier bagage.

Encore une fois, pour remercier l'équipe, le producteur délégué offrit l'apéritif. Les Compagnons refusèrent, sous prétexte qu'ils ne buvaient pas d'alcool. En fait, pour rien au monde, à présent, ils n'auraient accepté quoi que ce fût de cet homme.

« Oui, tout va bien, reprit Favelli. Un point noir seulement : ce téléphone en dérangement qui nous empêche d'avoir des nouvelles de Gnafron, de sa mère, et de Garcia. Demain matin, je descendrai à Morez pour savoir comment va notre perchman ; et je signalerai la panne. »

Les Compagnons se sentirent outrés par un tel aplomb. Favelli mentait effrontément, avec un naturel désarmant.

« Le misérable, murmura la Guille, tout bas, en serrant les poings. Il cache bien son jeu... mais quel jeu ? »

Durant le repas du soir, les Compagnons demeurèrent silencieux, si absorbés qu'Arlette leur demanda encore ce qui les tracassait.

« Excusez-nous, fit Tidou, nous avons des ennuis.

— Vous pensez toujours à votre camarade ?

— Oui, à lui... et à autre chose. »

Arlette n'osa pas demander à quoi. Elle essaya de mettre un peu d'entrain, à table, mais n'y réussit guère. Elle n'eut pas plus de succès quand, après le dessert, elle proposa une nouvelle partie de bridge ; les trois joueurs de la veille, alléguant la fatigue, refusèrent poliment.

Il faisait à peine nuit quand les Compagnons montèrent se coucher, Mady dans sa chambre, avec Kafi, et les garçons dans leur grenier où ils se mirent à discuter.

« Quelle guigne ! ce talkie qui ne marche pas, bougonna le Tondu. Gnafron s'est trop précipité pour tirer la ficelle. Il craignait sans doute d'être surpris. Pourtant, je suis sûr qu'il a découvert un secret concernant Favelli, un secret grave... Essayons encore de l'appeler. »

Tidou déploya l'antenne du second walkie et appela plusieurs fois :

« Allô ! Allô ! Gnafron, tu m'entends ? »

Pas de réponse, leur camarade restait muet. Ils veillèrent ainsi jusqu'à minuit, répétant leurs appels de demi-heure en demi-heure. Puis, las d'attendre une réponse qui n'arrivait pas, ils s'endormirent.

Vers six heures du matin, Tidou, déjà réveillé, crut entendre quelqu'un, dehors, grimper le long de l'échelle. Qui pouvait venir les déranger à cette heure ?... Favelli ?... Gnafron qui s'était libéré ? Une voix appela, à travers la porte :

« C'est moi, Mady, ouvrez !... »

Tidou souleva le loquet de bois qui empêchait la porte de battre à tous les vents.

« Que se passe-t-il ? demanda-t-il.

— Vous n'avez pas entendu, il y a dix minutes à peine ?

— Non.

— Favelli vient de partir, en voiture. Je l'ai entendu se lever ; Kafi m'a réveillée. Je me suis précipitée à la fenêtre. Favelli partait, en voiture, sans faire vrombir son moteur, cette fois. Il a pris la direction de Morez.

— La direction de Morez ? » répéta la Guille en sortant de son sac de couchage, ébouriffé comme un poussin qui vient de casser la coquille de son œuf. « Il serait allé voir le perchman ?

— À mon idée, pas seulement le voir, mais le ramener. »

Les Compagnons, tous éveillés à présent, ouvrirent des yeux ronds.

« Le ramener ? reprit le Tondu. Ce ne serait donc pas Garcia qui garderait Gnafron ?

— Si, j'en suis persuadée. Mais je viens d'avoir une idée... une intuition si vous préférez.

— Dis vite !

— Le producteur délégué et Garcia sont de mèche. Le perchman va laisser Gnafron bouclé dans la maisonnette. À travers la forêt, en contournant le Point-Rond pour ne pas être aperçu de l'auberge, il va se poster sur la route de Morez, et Favelli le prendra à bord comme s'il le ramenait de l'hôpital.

— Tu crois, Mady ? s'exclama le Tondu. Donc, en descendant à travers bois, parallèlement à la route, nous aurions des chances d'apercevoir la Mercedes garée près du chemin ?

— Probable.

— Il faut que nous en ayons la preuve, décida Tidou. Mais inutile de mobiliser tout le monde. Deux d'entre nous suffiront. Qui veut m'accompagner ?

— Moi, dit Bistèque.

— Vous autres, le Tondu et la Guille, allez vous poster près de la maisonnette. Si le perchman a abandonné Gnafron, vous pourrez peut-être communiquer avec lui... ou même le délivrer ! »

Chapitre 10

Second enlèvement

Les deux groupes se séparèrent. Naturellement, Kafi voulut suivre son maître. Il était encore tôt. Pas la moindre trace de brouillard. L'air très frais annonçait une belle journée... la dernière du tournage.

Tidou et Bistèque s'engagèrent dans le sous-bois en tenant Kafi en laisse pour l'empêcher de vagabonder. Les garçons se frayèrent un chemin dans la forêt, parallèlement à la route signalée par une traînée claire.

« Pourvu que Mady ne se soit pas trompée, et que Favelli ne soit pas réellement descendu jusqu'à Morez, dit Bistèque ; nous risquons de marcher longtemps pour rien. »

Non, Mady avait bien deviné l'intention du producteur délégué. Les deux Compagnons cheminaient dans le sous-bois depuis un quart d'heure quand Kafi, au lieu de tirer sur sa laisse, s'arrêta aux aguets.

« Attention ! » murmura Tidou.

À pas feutrés, évitant de faire craquer les branches mortes sous leurs grosses chaussures, ils s'approchèrent du chemin, guidés par Kafi. Soudain, à travers les feuillages, Tidou vit briller quelque chose... les chromes de la Mercedes. La voiture était garée à vingt mètres de la chaussée, presque entièrement cachée par les branches basses des sapins.

Les deux camarades s'avancèrent en rampant, avec Kafi conscient de la nécessité du silence. Personne dans la Mercedes. Mais un instant plus tard, Tidou aperçut le producteur délégué qui allait et venait, sous les arbres, en bordure de la route, comme s'il attendait quelqu'un.

« Mady avait raison, souffla Bistèque. Le perchman a rendez-vous ici avec lui. Planquons-nous à terre. »

Dix minutes s'écoulèrent, puis cinq autres. Soudain, le perchman parut, débouchant du bois, de l'autre côté de la route. Il se dirigea aussitôt vers la voiture, et les deux hommes montèrent à bord. Cependant, l'auto ne démarra pas immédiatement.

« Ils attendent peut-être encore quelqu'un, murmura Bistèque.

— Ça m'étonnerait. Je ne vois pas qui. Je pense plutôt que Favelli ne veut pas rentrer trop tôt à l'auberge. Il tient à donner l'impression qu'il est réellement allé à Morez, ce qui représente près de deux heures, aller et retour. »

Un certain temps s'écoula. Enfin la Mercedes quitta le sous-bois en cahotant, pour reprendre la chaussée et grimper vers le Point-Rond. La voiture disparue, les Compagnons et Kafi remontèrent à leur tour vers l'auberge. Il était neuf heures quand ils y arrivèrent. Le Tondu, la Guille et Mady n'étaient pas encore rentrés. Ils les attendirent dans la salle à manger où les cinéastes venaient de descendre prendre leur petit déjeuner. Favelli était là, lui aussi.

« Oui, expliquait-il, décontracté. J'ai bien fait de descendre à Morez. En réalité, Garcia ne souffrait pas d'une intoxication alimentaire mais d'une magistrale indigestion. Il est tout de suite monté dans sa chambre se reposer, mais il m'a affirmé qu'il serait d'attaque cet après-midi pour le tournage. Que personne ne le dérange. »

Et il ajouta, se tournant vers la patronne qui arrivait de la cuisine :

« J'ai fait le nécessaire pour le téléphone. On viendra vous dépanner, mais pas avant la fin de l'après-midi. »

Il s'assit pour prendre lui-même son petit déjeuner. Puis, s'apercevant que les Compagnons n'étaient que deux :

« Où sont vos camarades ?

— En balade dans la forêt.

— J'espère qu'ils ne se feront pas attendre comme hier. Nous commencerons le tournage très tôt, cet après-midi. »

Assis à leur table, Tidou et Bistèque commençaient à se demander pourquoi leurs camarades ne rentraient pas. Ils n'avaient donc pas pu prendre contact avec Gnafron, en l'absence du perchman ?...

Soudain, une idée vint à Tidou. La même qu'avait eue Mady la veille.

« Reste là, Bistèque, je monte au premier avec Kafi. »

Il grimpa l'escalier et longea le couloir jusqu'à la porte n° 4. À voix basse, il demanda à Kafi d'écouter. Le chien pencha la tête, une de ses oreilles presque collée contre la porte. Il resta ainsi immobile quelques instants, retenant son souffle. Puis il releva la tête vers son maître d'un air de dire : « Je n'entends rien. »

Tidou s'enhardit alors à tourner la poignée de la porte pour l'entrebâiller. La pièce était vide. Il referma vivement car quelqu'un montait. C'était Favelli qu'il croisa dans l'escalier.

« J'en avais le pressentiment, dit Tidou à Bistèque. Le perchman est bien rentré à l'hôtel ; il s'est fait voir de la patronne pour que celle-ci puisse dire qu'il était là, mais il est aussitôt reparti... pour retourner à la maisonnette surveiller Gnafron ! Pourvu que nos camarades ne l'aient pas rencontré ! Allons au-devant d'eux. »

Ils sortirent avec Kafi. Ils n'avaient pas fait cinq cents mètres en pleine forêt, que le chien poussa de petits grognements en battant de la queue. Presque au même moment, ils aperçurent le Tondu et la Guille. Ils étaient seuls, sans Mady. Le Tondu se précipita vers les arrivants ; il paraissait bouleversé.

« Mady vient d'être kidnappée, comme Gnafron... C'est sa faute ! Elle n'a pas voulu nous écouter. Nous avions l'oreille collée contre la porte de la maisonnette pour savoir si Gnafron était encore là quand j'ai entendu des craquements de feuilles mortes. J'ai donné l'alerte. Mady a cru que c'était vous qui reveniez. Au lieu de se sauver, comme nous, elle a continué d'écouter. De loin, nous avons vu le perchman bondir sur elle, lui saisir les poignets et la pousser vers l'intérieur de la maison.

— Pourquoi n'êtes-vous pas intervenus ?

— Nous n'étions que deux, sans Kafi... et nous avons vu briller le canon d'un revolver dans la main de Garcia. »

Tidou réfléchit un moment :

« Il vaut mieux, en effet, que vous vous soyez tenus tranquilles, dit-il enfin. J'ignore ce qui va se passer cet après-midi mais j'ai l'impression que cette dernière séance de tournage ne sera pas comme les autres ! »

Et il ajouta :

« Favelli a besoin de Garcia. Pourquoi ? Le travail d'un perchman n'est pourtant pas compliqué. N'importe qui pourrait le remplacer. Donc, Garcia sera au tournage cet après-midi... Favelli aussi, bien sûr... et il se passera quelque chose.

— Probable, approuva la Guille, et il faudrait en profiter pour libérer Gnafron et Mady.... mais justement, à ce moment-là, nous serons pris par le film.

— Ne cherchons pas à libérer nos camarades, dit le Tondu, du moins pas avant de connaître le fin mot de l'histoire. Pour le moment, ils ne risquent rien.

— Moi, dit Bistèque, je me demande comment Favelli va expliquer la disparition de Mady, à midi, quand sa place sera vide à notre table ?

— Pour l'instant, il l'ignore... En tout cas, jouons le jeu nous aussi. N'ayons pas l'air de nous inquiéter pour elle... Ne restons pas là. Nous risquerions de rencontrer Favelli. »

Tous quatre rentrèrent à l'auberge et grimpèrent dans le grenier pour y parler à l'aise. Mais au lieu de discuter, ils restèrent silencieux, chacun cherchant à comprendre les machinations de Favelli.

Tidou allait enfin dire quelque chose quand le Tondu qui, depuis un moment, manipulait le talkie inutile dont il avait, sans s'en rendre compte, dévissé le couvercle, lâcha une exclamation :

« Nom de nom... nom de nom... nom de nom... ! »

Trois paires d'yeux se tournèrent vers lui.

« Qu'est-ce qui te prend ? fit la Guille... toi aussi tu as des intuitions ?

— Non. Mieux que ça ! Ce n'est pas le talkie de Gnafron qui est en panne, mais le nôtre ! Regardez ! Cette soudure a sauté. »

Un fil s'était détaché d'une bobine. Il fallait quelque chose qui puisse rétablir le contact. Le Tondu était ingénieux. À l'aide d'une épingle, il réussit à faire la connexion. L'appareil se mit à grésiller, il fonctionnait... Mais celui de Gnafron, lui, était-il en état de marche malgré le choc contre le bord du toit ?

Tidou prit l'appareil, déploya l'antenne, s'approcha de la lucarne et appela :

« Allô !... Allô, Gnafron !... Tu m'entends ? »

Il perçut alors une voix, mais si faible qu'il ne distingua aucun mot.

« Nous sommes trop loin de lui, et la forêt fait un écran pour les ondes, dit le Tondu. Repartons à proximité de la clairière, mais attention, Garcia est sûrement attentif à tous bruits aux alentours. »

Les quatre se laissèrent glisser le long de l'échelle et coururent sous le couvert des sapins jusqu'à une centaine de mètres de la clairière. Tidou redéploya alors son antenne et appela de nouveau :

« Allô !... Allô ! Gnafron ! Tu m'entends ? C'est Tidou qui te parle. »

Cette fois, la réponse fut nette :

« Je t'entends, Tidou, murmura Gnafron, comme dans un souffle.

— Mady est-elle avec toi ?

— Oui, dans le grenier. Impossible de s'en évader. Il vaut mieux que vous ne cherchiez pas à nous délivrer. Un drôle de coup se prépare sûrement. À vous d'agir.

— Quel coup ?

— Parle moins fort. Je vais t'expliquer.

— Qui t'a kidnappé ?

— Favelli ! Il m'a surpris la nuit qui a suivi le premier tournage... dans la cabane de berger sur le versant suisse.

— Que faisais-tu là-bas ?

— J'avais un pressentiment... Les faux billets... Je suis... »

Il ne termina pas. La communication s'arrêta net. Gnafron avait coupé. Tidou eut beau le rappeler plusieurs fois, il ne reçut plus aucune réponse. Bien que Gnafron eût parlé à voix basse, Garcia avait-il entendu la conversation ?

Les garçons s'interrogèrent. Bistèque regarda sa montre.

« Midi moins le quart. Pour moi, le perchman n'a pas entendu le talkie. Il est monté au grenier ligoter Gnafron et Mady, parce qu'il va venir à l'auberge prendre son repas. Rentrons, nous aussi. Nous risquerions de le rencontrer. »

Chapitre 11

Le drôle de coup

Midi et quart ! Après avoir replacé le talkie dans le grenier, les Compagnons se présentent dans la salle à manger de l'auberge. Favelli, et l'ingénieur du son sont déjà à table.

« Alors ?... toujours en retard ? bougonne le producteur délégué... et la jeune fille, où est-elle ?... en train de se pomponner ? »

Les Compagnons ont horreur du mensonge, mais peuvent-ils révéler qu'ils savent où est Mady ? D'ailleurs, Favelli le sait-il lui-même déjà ?

« Il fait si beau, ce matin, dit la Guille ; elle a dû faire une longue balade dans les bois. »

Et le repas commence, sans Mady, sans le perchman. Celui-ci arrive dix minutes plus tard, comme s'il sortait de son lit après un bon somme, en bâillant.

« Si vous n'aviez pas été malade, je vous

passerais un savon, dit Favelli en riant. Êtes-vous en forme, au moins ?

— En pleine forme... avec un appétit d'ogre, depuis le temps que je suis à la diète ! »

Comme les Compagnons n'étaient pas à l'heure, Arlette a fait mettre son couvert à côté de l'ingénieur du son, un homme calme, peu bavard mais sympathique. Une chance pour les quatre camarades qui peuvent discuter à l'aise. La brève conversation qu'ils ont eue avec Gnafron les a troublés. Mot pour mot, Tidou répète les bribes de cet échange :

« Il vaut mieux que vous ne cherchiez pas à nous délivrer... un drôle de coup se prépare... à vous d'agir. »

« À vous d'agir, répète Bistèque... C'est facile à dire ! Agir comment, où et pourquoi ? Au lieu de vouloir tout expliquer en détail, Gnafron aurait mieux fait de commencer par l'essentiel. »

Ils parlent à voix basse mais bientôt s'interrompent, car Favelli les regarde d'un drôle d'air.

Pendant ce temps, la patronne de l'auberge se démène... avec la lenteur d'une paysanne. Le producteur délégué s'impatiente. Enfin, la compote de pommes du dessert est servie, puis le café.

Le perchman a dû renseigner tout bas

Favelli sur la capture de Mady car le producteur délégué, se levant de table, s'approche des Compagnons :

« Pas encore rentrée, votre camarade ? Bah ! elle profite du beau temps. Il fait bon marcher dans la forêt fraîche. Elle nous rejoindra. En route ! »

Et il ajoute :

« Je compte sur vous, comme les autres jours, pour charrier le matériel... Pour commencer, aidez-moi à transporter le reste des sacs de faux billets dans la remise. »

Les garçons ne se font pas prier. Ils n'oublient pas que Gnafron a prononcé les deux mots « faux billets ». Favelli ouvre le coffre de la Mercedes. Au fond, une vingtaine de sacs, tous pareils, gisent pêle-mêle.

« Emportez-les et ne les perdez pas en chemin ! »

Mais, se penchant sur le coffre, Favelli constate :

« Tiens, celui-ci est déchiré. Ne l'emportez pas. Votre chien risquerait de semer les papiers en route. »

Il rejette, au fond du coffre, le sac déchiré d'où s'échappent des rectangles découpés dans des journaux.

Les Compagnons se regardent : Favelli a tenu, encore une fois, à leur faire constater qu'il s'agit bien de vieux papiers.

Et les préparatifs de l'ultime tournage commencent. Tidou est à nouveau déguisé en bûcheron bien rembourré. Il reprend des gestes devenus familiers, qu'il sait par cœur. Kafi, lui aussi, connaît son rôle. Il laisse Tidou lui passer la sangle à poches et plie l'échine sous le poids des faux billets.

« Silence... On tourne. »

La scène est vite filmée. Pourtant, d'après Galibert, elle n'est pas fameuse. Par conscience professionnelle, il tient à la recommencer. Tidou a eu des mouvements trop rapides.

« Inutile, coupe le producteur délégué. Cette précipitation est compréhensible, puisque c'est la troisième fois. »

Le metteur en scène proteste.

« Justement, la troisième fois... mais coup sur coup, dans le film ! L'acteur doit être moins pressé, puisque les deux premiers voyages du chien ont réussi.

— Au besoin, pour la projection, on intervertira les séquences. »

Une fois la scène de la remise filmée, la troupe s'enfonce dans la forêt.

« Pas au même endroit, propose Galibert. Un peu de variété...

— Non, riposte le producteur délégué. Il est normal que le chien suive toujours le même chemin, à travers bois. Nous allons perdre du temps. »

Galibert bougonne, mais s'exécute. Les quatre garçons, eux, s'interrogent.

« Pourquoi cette précipitation ? glisse Bistèque au Tondu. Favelli semble nerveux, inquiet. Il a hâte d'en finir, quitte à bâcler le film. Ah ! si Gnafron avait eu le temps de nous expliquer... À quel moment penses-tu que va se passer le "drôle de coup" ?

— Je ne sais pas... Tout ce que j'ai vu, tout à l'heure, c'est que le sac percé contenait bien des vieux papiers. »

Pas de douaniers à la frontière. La séquence de la descente à travers champs ne pose aucune difficulté. Cependant, au bas de la pente, Kafi refuse de se mettre à l'eau pour la traversée du petit lac.

« Qu'a donc votre chien, aujourd'hui ? demande Favelli à Tidou.

— Il est trop chargé. Trois ou quatre sacs de plus que les autres fois, ça compte !

— Je l'ai fait exprès, pour qu'il paraisse épuisé.

— Possible, mais je ne tiens pas à voir mon chien se noyer. »

La protestation de Tidou est énergique. Cette fois, Favelli cède.

« Bon, bon !... Alors qu'il contourne le lac... mais vite ! Regardez ces nuages, là-bas, vers le Léman ! »

C'est exact, trois petits nuages flottent du

côté de l'est, mais le soleil est déjà passé à l'ouest et ils ne risquent pas de l'obscurcir.

« Ce n'est encore qu'un prétexte pour accélérer le tournage », souffle la Guille à Tidou.

Enfin, l'équipe arrive à la cabane. Favelli soulève la paille pour constater que les sacs de faux billets sont toujours là.

Avec sa perruque rousse et sa fausse barbe, le Tondu est de nouveau travesti en berger. Sous le regard de la caméra et l'éclat du projecteur portatif, il fait semblant d'accueillir Kafi et il le décharge de ses sacs.

« Inutile de les enterrer, ceux-là, déclare Favelli, puisque vous devez attendre que deux hommes viennent chercher le tout. »

Ces deux hommes, Favelli a décidé que ce serait le perchman et lui-même, comme il l'avait primitivement prévu.

« Tu remarques, glisse Bistèque à la Guille, qu'ils se sont réservé ces rôles. Ça aussi c'est louche.

— Suivons bien leurs faits et gestes. »

La caméra oblique, sur son trépied, pour filmer les deux hommes arrivant à la cabane avec précaution, comme s'ils craignaient d'être épiés ou de faire une mauvaise rencontre. Il faut reconnaître que tous deux jouent parfaitement leur rôle.

Puis, la caméra se déplace de nouveau devant l'entrée de la cabane pour la séquence où le Tondu, c'est-à-dire le jeune berger suisse, remet les faux billets. Les deux randonneurs les répartissent dans chacun des sacs tyroliens qu'ils détachent de leurs épaules. Pour cette séquence, Tidou remplace le perchman. Il s'acquitte fort bien de sa tâche.

Jusque-là, tout est normal. Leurs sacs remplis, bien gonflés, les montagnards les rebouclent sur leur dos. Favelli explique alors au metteur en scène :

« Cette dernière séquence doit durer longtemps, très longtemps puisque c'est la dernière, le point final. Nous allons nous éloigner sans précipitation en direction du bois que vous voyez en contrebas. Il faut que la caméra nous suive jusqu'au bout.

— D'accord », approuve Galibert qui n'aime pourtant pas les conseils.

Et, à l'ingénieur du son :

« Pas de sonorisation pour cette séquence. La scène n'en sera que plus impressionnante ; pas de fil à dérouler, pas de perchman de remplacement. »

Le cameraman cale solidement son appareil sur le trépied. Puis, la main sur la poignée, il cadre les deux montagnards prêts à quitter la cabane.

« Silence, on tourne !... »

Le moteur de la caméra démarre... Favelli et Garcia aussi, marchant d'un pas lourd, ployés sous leurs sacs, comme des randonneurs fourbus.

« Bon, très bon ! » murmure l'opérateur, pour lui-même.

Les deux hommes s'éloignent toujours, sans se retourner. Ils ne sont déjà plus que de petites silhouettes dans le lointain. C'est suffisant.

« Coupez ! » lance Galibert.

Puis, les mains en porte-voix, en direction des deux randonneurs :

« Stop !... Stop... »

Favelli et Garcia poursuivent néanmoins leur descente.

« Stop ! stop ! stop ! » hurle à son tour le cameraman.

Non, les marcheurs n'ont pas entendu ; ils continuent, hâtant le pas, semble-t-il. Ils atteignent le bois... et disparaissent.

Tout le monde attend, silencieux. Soudain, pris d'une sorte de rage subite, le Tondu arrache sa perruque et sa barbe, et s'écrie :

« Ça y est !... J'ai compris... Les faux billets... Ils nous ont eus. C'était ça, leur drôle de coup... »

Chapitre 12

Bravo, Kafi !...

Toutes les têtes se tournent vers le Tondu, redevenu complètement chauve, mais rouge comme une pivoine. Les cinéastes se demandent quelle mouche l'a piqué.

« Oui, s'égosille le Tondu. Ce n'était pas de faux billets qu'ils faisaient transporter par Kafi... ils ne reviendront pas.

— Tu crois ? demande le metteur en scène.

— Moi aussi, j'en suis sûr, reprend Tidou avec animation. Ils jouaient double jeu. Favelli a accumulé les mensonges. Notre camarade Gnafron n'a pas reçu de coup de téléphone de sa mère... Gnafron a été kidnappé par Favelli ou Garcia. Nous savons où il est séquestré... dans une maison forestière à deux kilomètres du Point-Rond. Mady, elle aussi, a été enlevée ce matin... Quant au perchman, il n'a jamais été malade ! »

Le metteur en scène serre les poings :

« Les misérables ! Ah ! je commence à comprendre, moi aussi... Mais pourquoi n'avoir rien dit si vous vous doutiez de quelque chose ?

— Garcia est armé. Notre camarade était en danger. Il nous a demandé lui-même...

— Comment ? Vous lui avez parlé ?

— À l'aide d'un talkie-walkie... Pas le temps de vous expliquer. Vous aussi, vous auriez dû trouver que ce producteur délégué avait une drôle de façon de vous faire tourner en trois fois des séquences qui pouvaient être bouclées en une seule !

— Des gangsters ! soupire Arlette, ahurie. Ce seraient des gangsters ?

— Oui, des gangsters ! Il faut les rattraper ! Favelli ne marche sûrement pas très vite. »

Les rattraper. Ils ont déjà disparu depuis cinq minutes dans le bois, ou plutôt la forêt, qui remonte vers une seconde crête, entièrement en territoire suisse, celle-là.

« Mon chien ! s'écrie alors Tidou. Cherchez-lui quelque chose appartenant à Favelli !

— Ses chaussures ! dit Bistèque. Celles que Favelli a laissées dans la cabane pour mettre des brodequins de marche. »

Une chaussure ! Quelle aubaine. Rien ne conserve mieux l'odeur de son propriétaire qu'une coiffure ou une chaussure.

Kafi a compris. À vrai dire, ni Favelli ni

Garcia ne lui étaient bien sympathiques. Il se laissait flatter par eux, mais sans enthousiasme, aussi n'hésite-t-il pas.

« Cherche, Kafi ! cherche », dit Tidou après lui avoir fait sentir la paire de souliers.

Aussitôt l'animal tire sur sa laisse, entraînant derrière lui les quatre garçons et Arlette. Moins rapides, les autres cinéastes suivent de loin.

En peu de temps, Kafi arrive en bordure de la forêt. Là, il hésite un instant, puis retrouve la trace des fuyards. Ceux-ci, faute de sentier, ont zigzagué entre les arbres. La chasse à l'homme n'est pas facile. Bien chaussés, les deux individus n'ont pas été gênés par les embûches du terrain.

Kafi perd du temps car les deux hommes ont plusieurs fois changé de direction, pour suivre une pente moins raide.

« Vous croyez que votre chien peut les retrouver ? s'inquiète Arlette, essoufflée.

— Il les retrouvera, affirme Tidou... à moins qu'ils ne réussissent à franchir la crête et à trouver, de l'autre côté, un chemin carrossable, une voiture qui les attend... Je vais jeter un coup d'œil sur le plan. »

Il retient Kafi et s'arrête pour consulter la carte Michelin sortie de sa poche. Tous se penchent sur lui.

« Regardez, nous sommes ici. La forêt grimpe jusque là-haut, à 1 432 m d'altitude.

Pas de voies carrossables sur l'autre versant, rien que des sentiers. »

Il replie vivement sa carte et la poursuite reprend, Kafi tirant de plus en plus fort sur sa laisse, comme s'il voulait signifier que les fugitifs ne sont plus très loin.

Mais, tout à coup, Tidou trébuche sur une racine à découvert ; il s'étale de tout son long. Dans son geste instinctif pour se retenir avec les mains, il lâche la laisse de Kafi. Le chien en profite pour bondir en avant et disparaître.

« Kafi ! Kafi ! » le rappelle Tidou en se relevant

L'intelligent animal estime sans doute qu'il est trop près des deux individus pour les laisser échapper. Il ne répond pas aux appels de son maître.

« Kafi ! Kafi ! Reviens !... »

Que faire ? Chercher à rattraper le chien ? Le laisser arrêter lui-même les deux hommes ? Il en est capable, mais Garcia est en possession d'un revolver.

« Approchons-nous », dit le Tondu.

Tous les cinq se faufilent à travers les branchages, courbés sous les ramures les plus basses. Mais au même moment claque un coup de feu, puis un second et encore quatre autres. Les Compagnons se sont arrêtés, haletants.

« Mon chien ! dit Tidou d'une voix étranglée. Ils ont tiré sur mon chien ! »

Immobiles, ils attendent, à l'abri d'un gros sapin. Tidou appelle encore :

« Kafi ! Reviens, Kafi !

— Il n'a pas été blessé, murmure la Guille. Il aurait hurlé de douleur.

— À moins qu'il n'ait été tué sur le coup, reprend Tidou. C'est ma faute, je n'aurais pas dû le lâcher, même en tombant... »

Après les six coups de feu, tirés à quelques secondes d'intervalle, plus rien. Qu'est-ce que cela signifie ?... Que Kafi a bel et bien été abattu ?... Que le tireur a épuisé ses munitions ?

« Que faisons-nous ? » souffle Bistèque qui serre le bras de Tidou pour le réconforter.

Mais tout à coup, devant eux, un frissonnement de feuillage. Miracle ! C'est Kafi ! La queue basse, les oreilles couchées, il reparaît avec l'attitude inquiète d'un animal qui vient d'échapper à un danger. Tidou se précipite, tâte la fourrure. Pas la moindre trace de sang. Le chien est indemne ; aucune des six balles ne l'a touché... À coup sûr, si les deux hommes n'ont pas tiré davantage, c'est qu'ils ont épuisé leurs munitions !

« Avançons-nous », murmure Arlette, aussi intrépide que les garçons.

Courbés en deux sous les branches des sapins, ils progressent lentement, précédés de Kafi qui, près de son maître, a retrouvé son assurance. Les deux hommes sont proches ; mais où ? Soudain, Kafi s'arrête au pied d'un énorme sapin et en fait deux fois le tour en levant la tête. Les Compagnons et Arlette, interloqués, regardent en l'air à leur tour.

« Là-haut ! souffle la Guille. Là-haut, les branchages bougent... »

Tous prennent du recul pour mieux voir.

« Oui ! je les aperçois, murmure Arlette... Du moins j'en devine un. C'est Favelli ! C'est de là-haut qu'ils ont tiré sur Kafi. »

Comment le producteur délégué, de si forte corpulence, a-t-il pu se hisser à dix mètres au-dessus du sol ? Le perchman a dû lui donner un rude coup de main. Faut-il que tous deux aient eu peur de Kafi pour se lancer dans cette ascension ! À son tour, le perchman est découvert, plus haut, plaqué contre le tronc rectiligne du sapin.

« Éloignez-vous, crie-t-il furieux, ou je tire !... »

Cramponné d'une main à l'arbre, il brandit son arme de l'autre... mais ne met pas sa menace à exécution : il a épuisé ses balles sur Kafi, l'ennemi numéro un, celui qui avait le plus de chances de les faire arrêter.

« Descendez, crie Tidou, vous êtes pris ! »

Les deux hommes ne bougent pas.

« C'est bon ! décide le Tondu. Allons-y ! »

Il s'agrippe au tronc du sapin, atteint une

première branche, une seconde, suivi par ses camarades. Seule, Arlette reste en bas, avec Kafi qui enrage de ne pouvoir suivre son maître.

« N'essayez pas de nous approcher, hurle Garcia de nouveau, je tire !... »

Aucun coup de feu ne part. Il est certain que si le chargeur du revolver n'était pas vide, le perchman, cette fois, n'hésiterait pas. Enfin, les garçons arrivent auprès d'eux. À cheval sur une branche, Favelli a toutes les peines du monde à conserver son équilibre. Il n'a pas la souplesse des Compagnons. Garcia, lui, paraît plus stable, mais guère plus rassuré.

« Descendez, ordonne Tidou, sinon nous secouerons les branches et je ne réponds de rien ! »

Il saisit le producteur délégué par le bras. Favelli essaie de lui faire lâcher prise, mais il vacille sur sa branche. Bistèque et le Tondu de leur côté s'accrochent aux longues jambes de Garcia... tandis que la Guille, d'un coup sec sur la main droite, lui fait lâcher le revolver, lequel tombe aux pieds de Kafi qui le saisit dans sa gueule, comme un trophée.

Effrayés à l'idée qu'ils peuvent s'écraser sur le sol, les deux hommes se décident à redescendre. Cependant, arrivés à deux mètres du sol, ils hésitent à faire le dernier saut en regardant Kafi qui montre ses crocs.

« Ah ! vous vouliez un bon chien policier, fait Tidou, vous êtes servis. Sautez. Kafi ne vous touchera pas, puisque je suis là. »

Les deux hommes se retrouvent enfin à terre.

« Et maintenant, les sacs ?... Où sont les sacs tyroliens ?

— Vous voulez dire les vieux papiers ? D'abord, de quel droit avez-vous lancé votre chien contre nous ?

— Répondez à la question, insiste le Tondu. Où sont les sacs ?

— Comme prévu dans le scénario, nous les avons remis à deux hommes qui attendaient dans le bois.

— Pardon, interrompt Arlette, cette séquence n'était pas dans le film. Si vous aviez vraiment voulu en "rajouter", vous auriez attendu les cinéastes.

— Et pourquoi, demande Bistèque, ne vous êtes-vous pas arrêtés quand le metteur en scène a crié "stop !" ? Il a pourtant hurlé assez fort !

— Nous n'avons pas entendu.

— C'est faux ! À partir de ce moment-là vous avez accéléré l'allure, comme si vous pensiez qu'on pouvait chercher à vous rejoindre. Où sont vos sacs tyroliens ?

— Je viens de le dire, s'emporte Favelli. Vous ne me croyez pas ? »

Les Compagnons et Arlette échangent un regard. Tout est possible avec Favelli qui sait si bien user de ruse et de mensonges. Est-il vrai que deux complices les attendaient dans le bois, deux complices qui ont emporté les sacs ? Dans ce cas, comment retrouver leurs traces ? Kafi ne peut agir sans un objet, sans un vêtement leur appartenant.

« Pour moi, dit Arlette, ils s'en sont purement et simplement débarrassés quand ils se sont sentis traqués. Rebroussons chemin. »

C'est la seule chance qui reste de retrouver le butin. Invités à suivre les jeunes gens, les deux hommes protestent, mais Tidou fait signe à son chien.

« Chatouille-leur les mollets s'ils refusent d'avancer. »

Crocs découverts, Kafi passe derrière eux en grondant sourdement. Toute colère rentrée, Favelli et Garcia doivent s'exécuter. Alors, consciencieusement, Kafi suit la piste du retour, la truffe basse, comprenant qu'on lui demande autre chose que de retourner à la cabane. De temps à autre, il s'arrête, cherche à droite, à gauche, mais ne découvre rien.

« Pour une fois, Favelli et Garcia ont peut-être dit vrai », murmure la Guille à Arlette.

Mais soudain, Kafi s'arrête de nouveau et regarde son maître.

« Tu as trouvé quelque chose, Kafi ? »

Aucun doute, les deux hommes se sont arrêtés là, près de la sortie du bois. Dans quel but ? S'écartant de la piste, le chien flaire une touffe de buissons drus, à un endroit où les arbres sont moins serrés. Tidou se précipite, écarte les branches...

« Les sacs !... »

Bien camouflées au milieu du buisson, les sacoches sont à peine visibles. Sans Kafi, personne ne les aurait trouvées. Les deux hommes verdissent mais reprennent rapidement leur sang-froid.

« N'y touchez pas, dit vivement Garcia, ce sont des explosifs. »

Un mensonge de plus. Ils n'en sont pas à un près. Tidou use cependant de précautions en maniant les sacs. Il découvre alors qu'ils sont hermétiquement fermés à l'aide de cadenas. Ces cadenas, les Compagnons et les cinéastes se rappellent avoir vu Favelli les crocheter dans la cabane.

« Nous sommes idiots, bougonne le Tondu, nous aurions dû comprendre plus tôt. Des vieux papiers, hein ?... Alors ils sont bougrement précieux pour être ainsi bouclés.

— Qu'allez-vous faire ? » demande Arlette.

Les trois garçons s'interrogent quand, tout à coup, Kafi dresse les oreilles. Il vient de percevoir du bruit dans la forêt.

« Attention ! Quelqu'un ! » lance Tidou.

Chapitre 13

Les douaniers suisses

Oui, des bruits de pas font craquer les branches mortes. Kafi s'élance aussitôt... mais pour reparaître quelques secondes plus tard en compagnie du metteur en scène, du cameraman et de l'ingénieur du son. Tous trois arrivent essoufflés d'avoir parcouru en vain la forêt.

En apercevant la mine déconfite de Favelli et du perchman, Galibert pousse un soupir de soulagement.

« Vous les avez retrouvés ! C'est donc bien vrai, ils prenaient la fuite ?... et vous avez récupéré les sacs.

— Non sans mal, répond Arlette. C'est Kafi qui nous a mis sur la piste. »

Furieux d'avoir été si bien roulés, les cinéastes serrent les poings.

« Qu'y a-t-il dans ces sacoches ? demande le cameraman. Ouvrons-les !

— Pas tout de suite, répond Galibert. Il vaut mieux régler cette affaire en France. N'oubliez pas que nous sommes sur le territoire suisse. Nous ne savons pas comment fonctionne la police de la Confédération. Il pourrait nous arriver des complications. »

Les Compagnons approuvent. Certes, ils ont hâte de savoir à quel trafic se livraient ces deux hommes mais ils pensent aussi à leurs camarades prisonniers de la maisonnette de forestier.

« Rentrons vite », insiste le Tondu.

Favelli et le perchman protestent. Ils se prétendent épuisés, incapables de faire un pas de plus.

« Qu'à cela ne tienne, répond Tidou. S'il le faut, on vous portera. Nous sommes assez nombreux... mais je suis sûr que Kafi saura vous redonner des forces. »

Et, à son chien :

« Renifle-leur donc les mollets ! »

La vue de Kafi qui gronde en montrant les crocs a tôt fait de redonner aux deux hommes l'énergie qui leur manquait.

Dix minutes plus tard, la troupe sort de la forêt, traverse le pâturage en pente et arrive à la cabane. Rapidement, les cinéastes récupèrent leur matériel, le Tondu sa perruque et sa fausse barbe.

Harcelés par Kafi, le producteur délégué et le perchman ne songent plus à protester.

Mais tout à coup, Arlette aperçoit au loin deux douaniers suisses, qui semblent venir dans leur direction. Tout le monde est en règle, il est vrai, mais comment vont réagir Favelli et le perchman ? Peut-être préféreront-ils avoir affaire à la police suisse plutôt qu'à celle de leur pays...

« Vite, dit la jeune fille, improvisons une mise en scène... Ligotons-les et bâillonnons-les !

— Formidable ! » approuve le Tondu... qui trouve toujours tout formidable.

En un clin d'œil, la caméra est mise sur pied, Favelli et Garcia ligotés, un mouchoir devant la bouche. Arlette reprend sa claquette. Au moment où les douaniers arrivent, elle annonce :

« Le gang joue et gagne. 367... »

Puis le cameraman :

« Silence, on tourne !... »

Il fait semblant de filmer les deux hommes étendus à terre qui essaient de se détacher... pour de bon, mais que les douaniers prennent pour des acteurs !

« C'est bon, coupez !... »

Les douaniers ne sont pas ceux rencontrés dans la cabane lors du premier tournage.

« Vous travaillez pour une firme suisse ? demande l'un d'eux.

— Non, française.

— Vous êtes français ?... Vous avez l'autorisation ?

— Bien entendu.

— Présentez-la. »

Cette autorisation se trouve dans le portefeuille de Favelli. Le metteur en scène n'hésite pas. Il se penche vers l'homme et fouille la poche de sa veste.

« Voilà, messieurs. Tout y est, le tampon de la police fédérale, la signature, la désignation du canton. »

Les douaniers approuvent. Puis l'un d'eux demande :

« Nous n'avons jamais assisté à un tournage de film. Ça ne vous dérange pas qu'on vous regarde opérer ? »

La question est mal venue. Cependant, Galibert répond :

« Pas du tout, non, pas du tout. »

Il cherche la scène qu'il pourrait inventer, mais c'est Arlette qui trouve la solution.

« Voici la séquence que nous allions filmer. Il s'agit de transporter ces bandits... je veux dire ces deux acteurs ligotés, dans la forêt, de l'autre côté de la frontière, pour les remettre à la police française. »

Et, aux Compagnons :

« Empoignez-les par les épaules et par les jambes. Oui, comme ça. Silence ! On tourne. »

Malgré leur résistance et leurs grognements

sous les bâillons, les deux hommes sont soulevés de terre par les quatre garçons et transportés à travers le pâturage vers la crête.

Les douaniers suisses ont suivi pas à pas le déplacement de la caméra que l'opérateur manœuvre à l'épaule. Voyant l'ingénieur du son et Arlette plier sous le poids des lourds sacs tyroliens, ils s'offrent à les décharger de leurs fardeaux.

« Qu'y a-t-il donc de si lourd là-dedans ? demande l'un d'eux.

— Du matériel », répond Arlette évasivement.

Ainsi, lentement la troupe remonte la pente. Elle n'est plus qu'à quelques pas de la crête, donc de la frontière. Les douaniers s'arrêtent.

« Nous avons eu beaucoup de plaisir à suivre ce tournage, dit l'un d'eux. Dommage que nous ne puissions pas aller plus loin. Le règlement est le règlement. En uniforme, nous n'avons pas le droit de passer en France. »

Et il ajoute, désignant Favelli et le perchman :

« Nous ne connaissons rien au cinéma, mais vous avez là deux extraordinaires acteurs, des vedettes sans doute. S'ils n'avaient pas pieds et poings liés, nous leur demanderions un autographe. »

Là-dessus, ils font un salut militaire et s'éloignent. Cinéastes et Compagnons font encore quelques pas dans la forêt puis laissent choir leurs fardeaux.

« Formidable ! s'écrie encore le Tondu qui transpire sous sa perruque. La ruse a réussi. Les douaniers n'y ont vu que du feu. Vous, Arlette, vous êtes aussi géniale que Mady, ce n'est pas peu dire ! »

Pieds libérés mais mains liées dans le dos, le producteur délégué et le perchman sont invités à se relever. Tous deux, débarrassés de leurs bâillons, enragent.

Un quart d'heure plus tard, la troupe arrive au Point-Rond.

« Ciel ! s'écrie la patronne de l'auberge, qu'est-il arrivé à ces messieurs ?

— Des petits ennuis, répond Galibert. Nous vous expliquerons plus tard... Le téléphone fonctionne-t-il ?

— Pas encore. Personne n'est venu de Morez. Pourtant M. Favelli avait promis...

— Il avait promis... mais je doute qu'il ait fait le nécessaire. La panne l'arrangeait si bien !

— Au fait, intervient le Tondu, si c'était lui qui avait coupé la ligne ?

— Justement, approuve Arlette, je venais d'y penser. »

Le Tondu saisit une chaise, grimpe dessus et examine les fils du téléphone. Aucun n'est coupé, mais ayant enlevé la plaquette des plombs, il constate que ceux-ci ont disparu.

« Idiots que nous sommes ! bougonne-t-il encore. Nous aurions dû y penser tout de suite. »

Et, à l'aubergiste :

« En avez-vous de rechange ?

— Je... je ne sais pas... oui... Je crois bien. »

Bouleversée, la brave femme ne sait où chercher. Elle fouille ses tiroirs et finit par trouver une plaquette garnie de plombs. Instantanément, le téléphone fonctionne. Il donne la tonalité quand on décroche le combiné. Le metteur en scène compose le numéro de la police, et appelle :

« Allô ! Police ?... Ici le chalet-auberge de Point-Rond, dans la forêt de Risoux... Quelque chose de grave, mais je ne sais quoi au juste. Deux jeunes gens enlevés... Récupéré deux gros sacs tyroliens sur le dos d'individus qui fuyaient en Suisse... Non, nous ne savons pas. Des sacs cadenassés... Oui, urgent... Bien. »

La police va venir mais, pour l'instant, le plus pressé est de délivrer Gnafron et Mady.

« Filons vite à la maison forestière, dit Tidou.

— Je vous suis, dit Arlette.

— Et moi aussi », enchaîne le metteur en scène...

Chapitre 14

Les deux sacs

Quelques minutes plus tard, l'équipe arrive en vue de la maison forestière. Ses volets sont clos, sa porte fermée. Dans sa précipitation, Tidou a omis de réclamer la clef au perchman.

Les mains en porte-voix, le Tondu appelle Mady et Gnafron, tandis que tous les yeux se lèvent vers l'étroite ouverture du toit.

« Gnafron !... Mady !... Êtes-vous là-haut ? »

Pas de réponse. Tidou regrette de n'avoir pas amené son chien qui, lui, percevrait peut-être du bruit. Il a préféré le laisser au cameraman pour surveiller les prisonniers.

« Gnafron ! Mady !... répète en vain le Tondu.

— Pas d'hésitation, déclare le metteur en scène, enfonçons la porte. Aidez-moi ! »

La porte est en bon chêne solide. Elle résiste. La serrure, elle, est plus fragile. Au cinquième coup d'épaule, elle cède brusquement... si brusquement que la Guille plonge en avant.

Rien dans la pièce du rez-de-chaussée qui sert de salle de séjour et de cuisine, rien dans la petite chambre à côté. Mais un escalier de bois blanc monte au plafond où se dessine le rectangle d'une trappe.

« Laissez-moi faire, dit le Tondu, je vais la pousser avec ma tête. Ma perruque me servira de tampon amortisseur. »

La trappe soulevée, il bondit dans le grenier.

« Oui, ils sont là !... »

Gnafron gît à un bout du fenil, Mady à l'autre, sur de la paille. Tous deux dorment profondément, mais d'un sommeil qui n'est pas naturel, puisque le bruit, les appels ne les ont pas réveillés. Arlette se penche sur eux, respire leur haleine.

« Les misérables ! s'écrie la jeune fille, ils leur ont fait absorber une drogue, un somnifère...

— Essayons de les ranimer », dit Tidou.

Les tapotements sur les joues, les mouchoirs trempés dans l'eau fraîche qui court au pied de la maison forestière n'ont aucun effet.

« Transportons-les au Point-Rond, dit le metteur en scène. Puisque le téléphone fonctionne, nous pourrons appeler un médecin. »

Descendre du grenier deux corps inertes par

la trappe et le raide escalier n'est pas chose facile.

« Soutenez-leur la tête », recommande Arlette aux porteurs.

L'opération de sauvetage terminée, le metteur en scène, qui est robuste, enlève Mady dans ses bras pour l'emporter à travers la forêt.

« Vous autres, dit-il aux garçons, occupez-vous de Gnafron... et toi, Arlette, cours téléphoner à Morez..., à n'importe quel médecin. Demande-lui de venir d'urgence au Point-Rond. Je ne crois pas ces deux jeunes gens en danger, mais on ne sait pas quelle dose de toxique ils ont absorbée... »

Arlette part en courant, tandis que les porteurs cheminent plus lentement dans la forêt. Enfin, ils arrivent au Point-Rond.

« Mon Dieu ! s'écrie l'aubergiste en voyant les deux corps inertes. C'est sûr, il faut les montrer à un docteur ! »

En attendant l'arrivée de celui-ci, Mady est déposée sur son lit et Gnafron sur celui du producteur délégué, dans la chambre voisine.

« Inutile de tous les veiller, déclare Arlette, je reste auprès d'eux. »

Le metteur en scène et les Compagnons redescendent dans la salle à manger où se tiennent, dans un coin, immobiles, les deux sinistres individus gardés par Kafi. Cinq minutes plus tôt, quand on a monté au premier les deux corps endormis, ils se sont contentés de baisser la tête pour ne pas voir.

« Vous avez fait là du beau travail, leur lance le metteur en scène, les yeux étincelants. Si votre coup avait réussi, combien de temps ces jeunes gens seraient-ils restés sans secours... et dans quel état les aurions-nous retrouvés ? »

Puis, jetant un regard vers la fenêtre :

« Que fait donc la police ? Déjà trois quarts d'heure que je l'ai appelée ! »

Mais soudain Kafi tend l'oreille. Du bruit à l'extérieur.

« Une auto ! » affirme le Tondu qui a gardé sa perruque, comme un trophée.

Quelques instants encore et une petite voiture grise stoppe devant l'auberge. Un homme en descend d'un pas pressé, une sacoche à la main.

« Le médecin, dit l'aubergiste ; il est plusieurs fois venu ici. »

Jeune, presque aussi roux que la perruque du Tondu, il entre dans la salle à manger, aperçoit Favelli et Garcia contre le mur, fronce les sourcils et demande :

« Que s'est-il passé ?... Où sont les malades ?

— En haut, docteur. »

Le médecin monte quatre à quatre l'escalier,

pénètre d'abord dans la chambre de Mady. D'un doigt, il lui soulève les paupières, puis lui tâte le pouls, écoute les battements de son cœur, respire son haleine. Il hoche la tête.

« Apparemment, pas très grave... et l'autre malade ?

— Dans la chambre à côté, répond Tidou.

— Même chose pour ce garçon, fait le docteur. À quelle heure ont-ils été drogués ?

— Probablement vers midi. »

Le médecin consulte sa montre.

« Sept heures de sommeil déjà ! C'est beaucoup. Je vais leur faire une piqûre qui doit agir rapidement. S'ils n'ont pas repris connaissance dans une demi-heure, je les descendrai à l'hôpital. »

Il ouvre sa sacoche, en retire une seringue, brise une ampoule et enfonce une aiguille dans la cuisse de Gnafron qui tressaille à peine. Même opération pour Mady, qui ne réagit pas davantage.

« Laissez-moi seul avec eux, dit le docteur aux garçons, je vous préviendrai dès qu'ils se réveilleront. »

Tidou et Bistèque redescendent dans la salle à manger où règne une étrange atmosphère. Le metteur en scène fait les cent pas dans la pièce, comme Favelli la veille. Les Compagnons, eux, ne cessent de regarder les fameux sacs, déposés au pied du comptoir.

« Diable de diable ! s'emporte encore Galibert, pourquoi la police tarde-t-elle tant, alors que le médecin est arrivé si vite ?... Je vais téléphoner de nouveau. »

Il décroche le combiné... mais le repose aussitôt car l'oreille fine de Kafi vient de percevoir, dehors, un nouveau bruit. Une estafette noire surgit à travers les sapins.

« La police ! » annonce le Tondu.

Un inspecteur en civil, un brigadier et un gendarme font irruption dans l'auberge. Le brigadier et le gendarme saluent militairement tandis que l'inspecteur soulève simplement son chapeau.

« Excusez-nous, dit le brigadier, le filtre à essence bouché ; il a fallu démonter le carburateur.

— Où sont les deux individus que vous avez arrêtés ? demande l'inspecteur.

— Les voici : le producteur délégué d'une firme lyonnaise de cinéma et le perchman de l'équipe : Favelli et Garcia... du moins ce sont les noms qu'ils se donnent.

— Et ceci, au pied du comptoir ?

— Les sacs de montagne qu'ils essayaient de faire passer en Suisse.

— Que contiennent-ils ?

— Ils sont cadenassés. Nous n'avons pas pris la responsabilité de les ouvrir. »

L'inspecteur fronce les sourcils :

« Puisque vous ignoriez ce qu'ils renferment, quelle preuve avez-vous de la culpabilité de ces deux hommes ?

— Aucune... mais des présomptions. En tout cas, ils sont coupables d'avoir enlevé un garçon et une jeune fille que nous venons de ramener, inertes, anesthésiés. Le docteur, arrivé avant vous, est en train de les soigner, là-haut. »

L'inspecteur regarde les sacs, les tâte, les soupèse. Puis se tournant vers Favelli :

« Les clefs des cadenas. »

Le producteur délégué secoue la tête.

« Nous les avons perdues.

— Ou jetées, quand vous avez été sur le point d'être pris, n'est-ce pas ? »

S'adressant à l'aubergiste, le policier demande :

« Vous pourriez nous trouver un marteau, des tenailles ?

— C'est sûr !... c'est sûr ! » répond la brave femme.

Mais elle semble avoir perdu la tête. Elle cherche partout, dans les tiroirs, dans les placards et ne découvre qu'une paire de cisailles.

« Ça suffira », dit le brigadier.

Et, au gendarme :

« Faites sauter ces cadenas ! »

Un silence impressionnant emplit la salle. Les assistants font un demi-cercle autour du comptoir. Le gendarme a peine à sectionner les anses des cadenas, pourtant peu épaisses. Il vient de faire sauter la première, quand Kafi dresse les oreilles. Il a entendu du bruit, en haut. Toutes les têtes se relèvent pour voir apparaître, au sommet de l'escalier, les yeux encore lourds de sommeil, le « petit » Gnafron soutenu par le docteur.

« Les sacs ! dit-il. Les sacs !... Il y a longtemps que je sais ce qu'ils contiennent. Ouvrez-les, vous allez voir... »

Chapitre 15

Le secret des sacs

Lentement, aidé par le médecin, Gnafron descend l'escalier. Le silence est si grand qu'on entend craquer, sous ses pas, les marches de bois.

« Vous pouvez me laisser, docteur, dit-il, je suis d'aplomb sur mes jambes. Si je vacille, mes camarades me retiendront. Remontez auprès de Mady. »

Entre Tidou et la Guille, il regarde à son tour les deux sacs dont le gendarme achève de cisailler les cadenas. Le brigadier retire du premier un paquet qu'il commence par palper comme s'il hésitait à l'ouvrir.

« Aucun danger », dit Gnafron.

Avec la pointe de son couteau, le brigadier déchire l'enveloppe de plastique opaque. Il en extrait une énorme liasse de billets de banque, au moins une centaine de gros billets de cinq cents francs tout neufs. Le second paquet en contient autant, sinon plus. Bientôt, une véritable montagne de grosses coupures s'accumule au pied du comptoir. Une fortune... plus qu'une fortune, un trésor !

« Je le savais », répète Gnafron.

L'inspecteur se tourne alors vers Favelli et Garcia :

« D'où vient tout cet argent ?

— De faux billets, monsieur l'inspecteur, répond Favelli. Je les ai fait imprimer exprès pour le tournage du film.

— De faux billets ?... vraiment ? »

L'inspecteur en examine un. Malheureusement, ni lui ni aucun des assistants n'a dans son portefeuille une de ces grosses coupures, d'ailleurs assez rares. La comparaison est impossible. Mais tout à coup, tandis que le policier tourne et retourne le billet, quelqu'un s'approche et écarte les Compagnons : c'est le vieux monsieur si tranquille, le seul pensionnaire de l'auberge, qui passe son temps à collectionner des plantes rares.

« Excusez-moi, dit-il d'une voix chevrotante, j'ai exercé le métier de graveur sur cuivre. J'ai même travaillé pour la Banque de France. »

Il prend le billet, sort une loupe de sa poche, celle qui lui sert à étudier ses plantes, examine la gravure puis, par transparence, le filigrane, et déclare :

« Aucun doute, ces billets ne sont pas des faux. Vous pouvez me faire confiance. »

Le vieux monsieur tranquille vient de contredire les deux individus... mais ceux-ci ont une explication de rechange. Cette fois, c'est Garcia qui parle, l'air embarrassé, comme quelqu'un qui a commis une faute sans gravité.

« C'est exact, monsieur l'inspecteur, ces billets sont authentiques. Nous nous préparions à enfreindre la loi sur l'exportation des capitaux à l'étranger. Nous voulions placer clandestinement notre fortune en Suisse.

— Vous êtes donc si riches ?

— Nous ne l'étions pas il y a quinze jours. Mon ami Favelli et moi avions acheté ensemble un billet de la Loterie nationale. Ce billet a gagné le gros lot.

— C'est une explication facile... trop facile !

— Mais véridique, monsieur l'inspecteur.

— Nous allons voir. Quand ce billet de loterie a-t-il été acheté exactement... et où ?

— Il y a trois semaines, dans un bar-tabac... à Bagnolet, dans la banlieue de Paris, au coin d'une rue... nous ne nous rappelons plus le nom.

— Et qui vous a versé cette fortune ?... Où l'avez-vous encaissée ?

— Dans... dans une banque.

— Laquelle ? »

Les deux hommes paraissent réfléchir, comme s'ils ne se souvenaient plus. Puis Favelli se décide :

« La... la banque de... »

Il n'achève pas. Le vieux monsieur lui coupe la parole.

« Ces billets sont absolument neufs, encore collés les uns aux autres ; ils n'ont pas été comptés par un caissier, donc n'ont jamais été mis en circulation. Pour moi, ils proviennent directement de la Banque de France ou d'une succursale. »

À ces mots : Banque de France, l'inspecteur fronce les sourcils. Il réfléchit un instant, puis court vers le téléphone et compose un bref numéro.

« Allô, Morez !... Les renseignements !... Donnez-moi le numéro de la succursale de la Banque de France à Clichy... Bien, j'attends... »

Le policier écarte un instant l'écouteur de son oreille pour jeter un regard vers les prisonniers. Si l'inspecteur a réagi au nom de la banque, les deux individus font grise mine en entendant le mot Clichy.

Enfin une voix grésille dans l'appareil. Le policier replace vivement l'écouteur à son oreille.

« Allô ! oui je note : 622-25-74... Merci. »

Il interrompt la communication pour former cette fois un long numéro de dix chiffres.

« Allô ! la Banque de France de Clichy ?... Police ! Je voudrais parler d'urgence au directeur... Oui, d'urgence... »

Quelques instants d'attente puis le policier reprend :

« Inspecteur Jaillet, de Morez, dans le Jura... Au sujet du hold-up dans votre établissement, début juin... c'est ça, le 9 juin. Pourriez-vous me donner les numéros de série des billets disparus ?... Oui, je prends note. V 612 et la suite... K 518 et la suite... Donc, deux séries... Oui, une piste, je vais vérifier. Je vous rappellerai. »

L'inspecteur repose vivement le combiné et se précipite vers le tas de billets. Effectivement, certains portent le numéro V 612, d'autres K 518. Cette fois, les deux voleurs n'osent plus regarder les policiers en face. Ils sont confondus, et ils le savent. Les Compagnons, eux, se souviennent d'avoir vu dans le journal, quelques semaines plus tôt, le récit du hold-up de la Banque de France de Clichy. Plusieurs individus, bien renseignés, s'étaient introduits dans la chambre forte de la banque en perçant le plafond blindé au chalumeau. Ils avaient raflé un stock de billets provenant directement de l'imprimerie de Clermont-Ferrand. Après avoir maîtrisé deux gardiens, ils s'étaient enfuis dans une voiture, retrouvée deux jours plus tard abandonnée dans une rue de Montrouge.

Favelli et Garcia font-ils partie de la bande ? Sont-ils des complices ? Ils nient énergiquement avoir participé au hold-up... mais se refusent à citer des noms.

Un lourd silence plane dans la salle quand, de nouveau, on entend craquer les marches de l'escalier. C'est Mady qui descend, aidée par le docteur. Mieux réveillée que Gnafron, elle ne titube pas comme lui. Elle ne sait rien de ce qui vient d'être dit mais, à la mine des prisonniers, elle comprend qu'ils sont pris à leur propre piège.

« Ainsi, mademoiselle, fait l'inspecteur, vous aussi avez été enlevée. Comment cela s'est-il passé ?

— Monsieur l'inspecteur, il vaut mieux demander à Gnafron. Moi, je ne sais rien. Quand le perchman m'a saisie, il m'a enfermée en bas. Je n'ai pas pu communiquer avec mon camarade. »

Le policier se tourne alors vers Gnafron :

« Comment avez-vous soupçonné que ces individus, sous le couvert du tournage d'un film, se livraient à un trafic clandestin ?... Car c'est bien ça, n'est-ce pas ? Ils vous ont kidnappé parce que vous en saviez trop.

— C'est simple, explique Gnafron. Le

lendemain de la première nuit, Mady avait raconté que Favelli était allé rôder autour de sa vieille Mercedes. J'ai tout de suite pensé que le coffre contenait quelque chose de précieux et qu'il venait faire, en pleine nuit, une vérification... Ensuite, j'ai encore eu la puce à l'oreille quand Favelli, juste avant les premières prises de vues, a jugé bon de nous faire constater que les paquets de plastique ne contenaient que de vieux papiers... Il n'en a ouvert qu'un et j'ai remarqué que ce sac portait une petite marque au stylo vert... Enfin, pas plus que le metteur en scène, je n'ai compris pourquoi il s'entêtait à faire tourner en trois fois des séquences presque semblables. Cela m'a paru suspect. J'ai pensé qu'il tenait à faire trois voyages en Suisse pour passer quelque chose de trop encombrant pour être porté en une seule fois par Kafi.

« Alors, la nuit suivante, je me suis levé, sans réveiller mes camarades, et j'ai passé la frontière pour me rendre à la cabane. J'ai déterré les sacs de plastique et en ai ouvert un, au hasard. À la lueur de ma lampe de poche, j'ai constaté qu'il contenait de vrais billets. Bien sûr, ce pouvait être des imitations, je ne suis pas assez connaisseur pour faire la différence, mais pourquoi Favelli aurait-il fait la dépense d'imprimer de faux billets puisque, à travers les sacs opaques, on ne distinguait rien ?

« J'allais en ouvrir un second quand, tout à coup, j'ai entendu un bruit de pas. Sur le coup, j'ai pensé à un douanier. C'était Favelli. Je n'ai pas eu le temps de me sauver. Nous nous sommes trouvés nez à nez devant la porte. Sans me demander d'explications, il s'est jeté sur moi. Je suis tombé. J'ai réussi à me relever pour me défendre, mais il a saisi le manche de la pelle qui avait servi à creuser le trou et m'en a assené un coup terrible sur la tête. Je me suis affalé sur l'herbe, sans connaissance.

« Quand je suis revenu à moi, j'étais enfermé dans un grenier, ficelé comme un saucisson. Il semblait n'y avoir personne dans la maison. Mais presque aussitôt, j'ai entendu parler, en bas. Favelli ramenait le perchman qu'il avait fait venir de l'auberge... Ils m'ont retiré mes liens, mais gardé enfermé dans le grenier sous la surveillance de Garcia... Voilà, c'est tout.

— Mais c'est déjà beaucoup », dit l'inspecteur.

Un nouveau silence suit le récit de Gnafron qui regarde le producteur délégué avec l'air de dire : Chacun son tour. Puis le policier se tourne vers les prisonniers en s'adressant plus particulièrement à Favelli :

« Je pense que vous ne pouvez nier les faits ? Vous avez frappé ce garçon jusqu'à ce qu'il en tombe évanoui... mais nous reparlerons de cela plus tard. Donc, vous filiez tous les deux en Suisse avec le magot. Très ingénieuse, cette façon de faire passer une fortune à l'étranger... Est-ce vous qui l'avez imaginée ? Est-ce vous qui avez engagé ces cinéastes pour tourner ce prétendu film ?

— Non, pas nous. Nous n'étions que des agents d'exécution.

— Autrement dit, le "cerveau" de la bande est ailleurs. Où ? »

Les deux hommes nient encore farouchement d'avoir participé au hold-up de Clichy, et se refusent à livrer des noms, à donner des signalements.

L'inspecteur s'impatiente. Comme tous les policiers, il aime battre le fer quand il est chaud, mais les deux hommes paraissent bien décidés à se taire. Alors, il jette un coup d'œil sur sa montre.

« Déjà huit heures ! C'est bon, auteurs ou complices, je ne fais pas la différence. »

Et, au brigadier :

« Replacez les sachets de plastique dans les sacs à dos et embarquez-les dans l'estafette avec ces lascars. Nous continuerons l'interrogatoire à Morez. »

Le brigadier et le gendarme s'exécutent.

Menottes aux poignets, les gangsters sont conduits vers la voiture, sous le regard ahuri de l'aubergiste qui n'en croit pas ses yeux, elle qui avait pris Favelli pour un personnage important. Pensez donc, un producteur de cinéma !

« Que tout le monde reste ici jusqu'à demain, recommande le policier en distribuant des poignées de main. J'aurai des détails à vous demander et je vous ferai signer vos dépositions. »

Quelques instants plus tard, l'estafette disparaît sur le chemin de la forêt. Les cinéastes s'approchent alors des Compagnons :

« Dire que vous aviez tout deviné avant nous, fait le metteur en scène. Il est vrai qu'on rencontre des producteurs si bizarres. Tout de même, se laisser tromper de cette façon !

— Oui, approuve le cameraman, pour être roulés, nous avons été roulés... Et qui paiera nos frais à présent ?

— Ne vous tracassez pas, répond Arlette, la Banque de France paiera. Lui faire récupérer plusieurs dizaines de millions vaut bien une petite récompense !

— Oui, approuve le metteur en scène ; pas de mauvais sang pour des questions d'argent. »

Et, se tournant vers Gnafron :

« Tu as eu un flair extraordinaire... non, non,

ne proteste pas. Un flair comparable à celui de Kafi.

— C'est vrai, approuve Tidou en donnant une tape amicale sur l'épaule de Mady, cette fois, tu es détrônée, Mady. Gnafron t'a chipé tes intuitions. »

Mady sourit et se penche vers Kafi qui semble dire : « Et alors ?... je n'ai servi à rien, moi ? »

« Si, mon bon chien, sans toi, nous n'aurions jamais rattrapé les fuyards. Dire que ces ignobles individus te faisaient jouer un rôle de contrebandier... Mais tu as su leur rendre la monnaie de leur pièce.

— Oui, approuve le Tondu, à son tour, Gnafron et Kafi ont été formidables !... FORMIDABLES !... »

De joie, il lance en l'air son béret... mais s'aperçoit que c'est sa perruque qu'il arrache !

« Oh ! c'est vrai, ma perruque rousse ! Elle me va trop bien. Je l'emporterai à Lyon. Quelle mine feront nos camarades de lycée quand j'arriverai en classe, le jour de la rentrée... »

Et tous de rire joyeusement et de trinquer avec les cinéastes pour fêter la fin du tournage de ce film si mal nommé : *Le gang joue et gagne.* N'est-ce pas plutôt *Le gang joue et perd* qu'il faudrait dire ?

Extrait du *Progrès de Lyon*
(Numéro du 27 juillet)

« Nos lecteurs se souviennent certainement du hold-up de la Banque de France, à Clichy, dans la banlieue parisienne. Les auteurs de cet audacieux coup de main avaient pu prendre la fuite sans être inquiétés, après avoir assommé deux gardiens.

« Les quatre individus, tous anciens repris de justice, auteurs d'un autre hold-up à Montauban, sont aujourd'hui sous les verrous.

« Ce coup de filet a pu se réaliser grâce aux indications fournies par le nommé Favelli, soi-disant producteur délégué d'une firme de cinéma. Trois des malfaiteurs ont été arrêtés dans un bar de Montmartre, le quatrième à Levallois-Perret.

« Trop connus de la police, ces quatre bandits n'avaient pas tout de suite osé filer à l'étranger. Ils attendaient le moment favorable, quand la surveillance se relâcherait. En

revanche, ils tenaient à faire passer le plus tôt possible le montant de leur butin en Suisse.

« Pour cela, ils s'étaient adressés à deux complices, Favelli et Garcia, moins connus de la justice et qui, malgré leur imagination, ont manqué leur coup. On sait, en effet, comment une équipe de jeunes et sympathiques Lyonnais a déjoué leur projet et les a fait arrêter dans une forêt, à deux pas de la frontière suisse.

« Nous avons appris, avant-hier, que ces jeunes gens étaient de retour après trois semaines passées dans le Jura. Un de nos reporters a tenu à leur rendre visite. Il a été aimablement reçu dans ce que ces "gônes", cinq garçons et une fille, appellent leur caverne, un ancien atelier de tisserand au bas de la rampe des Pirates.

« Il y avait là Tidou, le chef de l'équipe, Gnafron, noir comme un corbeau, Bistèque, la Guille... et son harmonica, Mady, la seule fille du groupe..., et enfin le Tondu... qui méritait bien mal son nom puisqu'il portait une longue perruque rousse. N'oublions pas Kafi, le superbe chien-loup, dressé en chien policier, qui a si bien su retrouver la piste des bandits.

« Modestes autant que courageux, les Compagnons de la Croix-Rousse, comme on les appelle dans leur quartier, ont narré les péripéties de leur aventure. Mais pour eux, c'est

déjà chose oubliée. Ils préparent maintenant une expédition dans le Massif Central. Nous leur souhaitons de bonnes vacances... sans autre aventure que celle de découvrir les merveilleux paysages d'Auvergne... »

Table

Composition ***Jouve*** – 53100 Mayenne

Imprimé en France par ***Partenaires-Livres*** ®
N° dépôt légal : 18409 – février 2002
20.07.0350.03/7 ISBN : 2.01.200350.8

Loi n° 49-956 du 16 juillet 1949
sur les publications destinées à la jeunesse